dormido

dormido

l. Ward

Primera edición: agosto 2021

Es esta una obra de ficción, por lo que todo nombre, personaje, lugar y situación descrita son ficticios. Eventuales parecidos con la realidad deben considerarse una feliz o infeliz coincidencia.

ISBN: 979-84-059-2645-2

Editado en Cataluña

Despierta del sueño,

o sigue dormido.

27.

Sueño. Morir congelado debe ser un modo muy dulce de acabar. Duermes. Lentamente te adormeces y penetras en otro mundo. En el ínterin no quieres salir aunque te ofrezcan ayuda. Quizás todo sea una romántica proclama de la terrible experiencia de quien pierde su vida por congelación, con soslayo del dolor que produce el frío. Basta recordar cuando un niño sufre un golpe, sobre todo en la cabeza o en la cara, y le aplicamos hielo para evitar la inflamación que en parte adormece la zona golpeada; apenas en unos pocos minutos, si llegan, reclama apartarlo de sí porque le duele. Yo no recuerdo lo del hielo sobre los golpes, de niño no. En cualquier caso el simpático y curioso perro que atrapé no murió congelado; sí que debió pasar mucho frío durante horas, empapado y tiritando, con sus gemidos amortiguados entre aquellos oscuros y mohosos muros subterráneos, testimonios impasibles de su horror.

En ocasiones me es imposible conciliar el sueño, y sin saber por qué, pero por lo general duermo sin inconvenientes cuando decido irme a la cama. Claro que siempre ha resultado mucho más agradable dejarme vencer y rendir mi vigilia recostado en un sofá, bajo un estado de creciente somnolencia, o incluso en mi butaca del estudio, con un adormecimiento propiciado por lo que fuera; singularmente hacia el inicio de la tarde, después de haber comido.

Ayer mismo, avanzado el horizonte previo al crepúsculo, ocurrió algo parecido, si bien ya no ha sido igual. Desde que estuve en esa oscuridad la rememoración es constante. No puedo evitarlo. Me atrapa sentir la indefensión del animal, su falta de escapatoria. Me molesta la asunción por su parte de una rendición total, aunque lo sea casi al final. Es preciso que, hasta el último momento, se rebele contra el inminente dolor que perfectamente sabe se le producirá, y sobre todo que intuya en percepción canina, propia de los animales irracionales donde no prevalece una auténtica concepción del futuro, que el peligro se va a cebar en él. No al menos como pudiera ocurrir con el ser humano, en relación con la muerte, pero sí para activar hasta los topes sus mecanismos de supervivencia.

Proporciona un regocijo inmenso, al punto de un extraño éxtasis. Como si mi cerebro fuese impregnado de alguna sustancia hipnótica, permeable al pánico ajeno. ¿Por qué no puedo evitarlo? ¿Puedo y no quiero?

Si mi cuerpo y mi mente se someten a la propia naturaleza humana que me viene dada, ¿he de considerarme culpable de algo? ¿Es posible asumir criterios éticos construidos por la filosofía moral que nada tienen que ver con el fuero interno de cada uno de nosotros? La auténtica ética es vivencia, actualidad humana individual ante cada caso concreto. Acaso carezco de la ética de los demás. Quizá sea ese y no otro el motivo de mi odio constante hacia todo aquél que me rodea, bien que lo conozca, bien que le vea cruzárseme casualmente por la calle, en el autobús o durante el trabajo. Curioso que no siempre ha sido así, ni es continuado en la hora presente, porque a veces siento paz y alegría en los demás sólo de verlos un momento. Se trata de auténticas ganas de compartir y de dar, un contraste visceral con la aversión a la más mínima característica insufrible en el otro, real o imaginaria. Estas sensaciones negativas también acaban resultando padecimiento propio, que se convierte en una verdadera furia que a menudo ha alcanzado niveles de explosión absolutamente irracionales. En la inmensa mayoría de supuestos controlo esa ira, al igual que domino la realidad que me envuelve.

Poder determinar aquello que está bien y mal conforma objetivo nuclear de la conducta ética, son los dos valores característicos de esa disciplina tan conectada con la filosofía. Naturalmente que todo esto constituye perspectiva humana, intrínsecamente propia del ser vivo racional, inexistente fuera de éste, de su humanidad y de la Humanidad. Para mi pobre víctima canina su sufrimiento y muerte no fueron maldad ni bondad porque éstas sólo existen desde el punto de vista de la persona humana, donde la inminencia y la aplicación de la materia creada al presente participa de una aproximación aristotélica conectada con lo socrático y no con los enlaces de trascendencia platónicos. Estamos a una ética racionalista que supera la absorción conceptual de Dios y el desarrollo de la escolástica bajo la brillantez intelectiva de Santo Tomás. Es el aquí y ahora vinculado inevitablemente con el Hombre en el presente, la sangrante actualidad y las consecuencias de los actos y las omisiones, las conductas y las palabras con o sin hechos repercutiendo en otros y en nuestro propio entorno. No hay nada objetivo, propio de la materia, ubicado en la naturaleza de las cosas, porque toda ética es únicamente humana y, sin nosotros, jamás habría llegado a existir.

En ese cerrado marco se ventilan las pulsiones bajo la represión freudiana, lo que me parece mucho más significativo que el desarrollo habido con la tecno-ciencia posterior. Pero sea como fuera, para ese perro muerto no hubo ética, ni hubo bien ni hubo mal. Solamente quienes pudieran saber de él y su destino manifiesto podrían hacer valoraciones y juicios éticos, y los míos, bajo el estándar social actual y en este minuto, ciertamente que serían negativos, malos, pervertidos. De seguro que no mostrarían la bondad de la conducta humana tal y como viene siendo generalmente entendida. Por muchas vueltas que quiera darle no encontraré justificación ética para mi conducta, importa poco cómo pretenda disfrazar lo hecho o ligarlo a impulsos incontrolados. No se trata que falte la comprensión de lo injusto del hecho o de no poder orientar mi conducta hacia esa comprensión por ausencia de los frenos inhibitorios que sean precisos. Y en ese momento no puede sino arrebatarme la necesidad de penitencia, de mejorar, de deshacer lo mal hecho a través de las buenas obras. Pero claro, ninguna buena obra queda sin castigo. Sobre todo en el mundo inconsciente de los sueños.

Siquiera la supresión del Ello evita lo placentero que siempre acaba resultando vencerse al cansancio y despedirse del Yo. Dormir de esa manera es para mí el auténtico y deseable sueño. El inicio del trance es lo más apetecible, y también ese medio despertar en el que decidimos seguir durmiendo, retomando el hilo de algún sueño o recolocándose en la posición más cómoda que se encuentre. Mantenerse dormido resulta, obviamente, ajeno al placer consciente, y solo después, rememorando un sueño, pudiera obtenerse algún valor.

28.

Aquella noche fue intensa tanto física como emocionalmente, y ya avanzaba la madrugada llegué a casa preparando en mi mente, aun implícitamente, cualquier excusa por si pudiera necesitarla durante ese camino o al llegar. Caí dormido queriendo olvidar lo que acababa de ocurrir. Esto es muy raro porque desde fuera, imperturbable en el silencio nocturno del regreso, no podía huir de imágenes y sonidos tan aterradores que incluso parecían inconcebibles en mi propia vida. Era como implorar un reset total, anulatorio de la memoria recién formada, deseo para nada nuevo en mí, aunque por otras razones. Pensaba que no pegaría ojo durante largo tiempo, acuciado por toda esa información anormal, tan intensa, tan brutal. Sin embargo no fue así. Con el tiempo me pareció un mecanismo de defensa que resultó huidizo al despuntar la luz del día. Y soñé.

Acudía a una casa vieja de muy altos techos. Parecía un almacén reconvertido en no se sabe qué, y estaba habitado por una única persona. Su imagen era la de un niño, pero fuera de su propia proyección era un adulto que no había crecido, de hecho un anciano. Yo lo sentía como mi propio hijo, viéndolo muchos años después de mi muerte. Tenía varias visitas a quienes les enseñaba cosas. Eran personas de las que no se sabía muy bien por qué iban llegando a ese lugar. La primera imagen era la de una gran estantería, construida hasta lo más elevado, de enormes fondos, llenos todos de artilugios y cachivaches de lo más diverso. Entonces su morador se dirigía a alguno de los visitantes y, tomando un objeto medio roto de su infancia, retirado con cuidado de alguno de los muchos estantes que poblaban el total espacio abierto de lo que ya parecía un hangar cochambroso, lo mostraba explicando con cariño lo que era. Su rostro de niño jovial y saludable se iluminaba con una amplia y sincera sonrisa mientras detallaba el origen de la cosa que sostenía en sus pequeñas manos. La información más importante radicaba en una emocionante historia de su propia niñez. Conservándola consigo mantenía un auténtico brillo en los ojos con la alegría de su simple recuerdo. Carecía de presente, menos de futuro, viviendo eternamente en el feliz pasado de sus primeros años de vida. Por eso la imagen que proyectaba desde lo más íntimo de su ser se mantenía infante, enclavada sin salida en ese maravilloso pasado. Pero viéndolo yo desde la posición del espectador anónimo, ajeno incluso a los invitados porque no era uno de ellos, me sentí profundamente triste. Percibía sin género de dudas de qué modo aferrarse a ese tiempo anterior le había robado todo, despojándolo de la realidad de sí mismo, eliminando el contacto con el presente real y recluyéndolo en un infierno de cosas que carecían de sentido para los demás, incluso de funcionalidad intrínseca por el menoscabo sufrido a causa del transcurrir. El tiempo abandonado. El protagonista no lo notaba, ni se daba cuenta, aunque sí lo haría cualquier persona que lo viera desde fuera, frente a un individuo en realidad anciano que no podía advertir que lo era. Por dentro seguía como un niño, el que fue feliz con todos aquellos enseres gloriosos en su día, útiles y divertidos, ahora reliquias inservibles y ruinosas por obra del despiadado devenir, por infranqueable y por implacable.

Una profunda melancolía invadía todo mi ser. Quería salvarlo. Volver al través de los años al momento en que esa persona renunció a vivir y comenzó a almacenar juguetes destrozados, prendas roídas, aparatos estropeados y papeles, folletos y publicidad de toda índole que le mantenían transportado décadas atrás. En absoluto importaba que él no se diera cuenta. Siquiera pensaba en un porqué en la causa de que tal cosa hubiera sido así. De súbito yo era su padre ya difunto, él mi hijo desperdiciado. Y sin saber la razón de la tragedia, porque en el fondo no importaba, me sentí culpable, nostálgico, inconsolable. Desperté.

Me resulta bastante difícil desprenderme de las cosas, por lo que recopilo y almaceno toda suerte de bártulos que muy probablemente jamás utilizaré o siquiera volveré a ver o tocar. Pero ahí están, los tengo. Son míos. Quizá me soñé a mí mismo en un anticipo de lo que me ocurriría.

Al llegar tan tarde a casa no quise hacer ruido bajando la persiana del ventanal que da luz exterior al dormitorio, por los vecinos de al lado, las paredes son de cartón. Por eso alertaron mi cerebro los primeros rayos del alba, aun tenues merced a su impacto indirecto sumado además a los cortafuegos que conforman esos edificios parapetados en su baja perspectiva para con la fachada de mi piso orientado al sudoeste. Parecía como si se hubiese suprimido cualquier resquicio de cansancio, resurgiendo con enorme potencia la vivencia radical habida apenas tres horas antes.

Rescaté de la memoria cuando regresaba de pequeño a casa tras una excursión del colegio, sobre todo a los once o doce años. Después de viajar de ida y vuelta a un lugar en el campo donde no parábamos de correr, alcanzaba la cama de mi habitación y cobijado en el cálido olor del hogar, rendido por completo dormía sin remedio, no pocas veces olvidando la cena. Y en ese momento de mis recuerdos infantiles comenzó la repetición en mi mente. Una y otra vez, una y otra vez, sin cesar, en modo lineal la primera ocasión, selectivamente después, pero siempre con imágenes y sonidos imparables, rompientes, incansables. Y la culpa crecía, sin soborno posible, como agua corriendo entre dedos sin fuerza y penetrando por grietas insospechadas, llevándome a idear la constricción y la penitencia, como es natural sin posible efecto alguno sobre mi última víctima. Incluso llegué a pensar en inscribirme como voluntario en alguna perrera para ocuparme de las mascotas abandonadas, cuidarlas, alimentarlas con cariño, acariciarlas en su soledad y procurarles el mayor bienestar que fuera posible. Lamentable que imaginé igualmente, de seguido, solicitar el para los demás, supongo, muy desagradable cometido de acabar con la vida de aquellos animalitos que no encontrasen adopción en el tiempo convenido, si es que no era yo mismo el adoptante de quienes así me debían la vida que podría tomarla más adelante cuando quisiera. Y eso que matar, en cuanto a lo primero, acabar con la vida rápida y fugazmente, apenas satisface mi inquietud real, esa necesidad impenetrable, sin causa ni trauma subyacente, de controlar, del poder de generar la sumisión del sufrimiento.

Ese escenario sí podría desarrollarse a gusto y disgusto con un can adoptado. Con uno tras otro. Ordené a mi mente detener en seco esa línea de corrompido pensamiento, nacido de un postulado penitente en la sociedad alejado lo más a mi punto de llegada. Y de nuevo afloró el recapacitar en la inevitabilidad, en las necesidades de mi propia naturaleza. No se trataba de un capricho.

29.

Si hay un Dios habrá sido Él quien me hiciera así. Por qué, entonces, bajo el libre albedrío, me asignó un anhelo de placer que al mismo tiempo de su nacimiento, como el valor del bien contra el mal de la filosofía religiosa, debo sofocar, reprimir, eliminar y, con ello, sufrir mi negación en una vida de displacer, en un camino vital sin posible recorrido, estático en la frustración más absoluta, sin objetivo. De la nada a la nada. Para algunos nacer por nada, vivir por nada y morir por nada.

Todo sería muy distinto de contar con una vida en el más allá. Porque importa la trascendencia mortal, donde la existencia humana apenas muestra el efímero prólogo de la eternidad. Aunque para los humanos se trate de una eternidad hacia delante, lineal, porque antes de nacer no existíamos, no éramos eternos, no estábamos ni en la nada. Pensándolo bien, lo que sucede se va, desaparece, no es acumulativo, se acaba como el tiempo que se disgrega en pérdida, que se desvanece en el abandono. Aparece la entropía, como segunda ley de la termodinámica, perdiendo la energía aunque muramos antes del fin del universo.

En la memoria queda lo vivido, como cuando una escena de la vida se graba en video, o en una pista de audio. La diferencia estriba en que la memoria o la grabación se pierden o solamente "existen" si se utiliza la tecnología de un reproductor con el que la supuesta rememoración, en puridad similar a lo evocable en función de la memoria no perdida, vuelve a suceder en el presente. Y de todos modos, cuando fluimos, cuando estamos concentrados, en el terror o en la felicidad, el tiempo no pasa o pasa sin darnos cuenta, sin que pueda considerarse que seamos habitantes del pasado. Ni tragedia ni melancolía. Estamos en el presente, recordando o no, siempre en el ahora. En el presente se recuerda o en el presente nos ilusionamos con el devenir o padecemos la ansiedad o el temor.

El cómputo del tiempo, por lo casual de las regularidades de la naturaleza física, es como el reloj, un mecanismo de medición, de orden. Es ordena-miento. Aunque la propia palabra invoca la mentira, es en verdad una ordenación del tiempo productivo. Cuando te regalan un reloj es como si te regalasen un control para tu vida, para que te sometas a él, como en el cuento de Cortázar, donde se recuerda que todo tiene su tiempo, palabra de Dios.

Yo no llevo reloj aunque tengo varios de pulsera. De todos modos el tiempo suele controlar mi vida, como a casi cualquiera, en un marco de segundos, minutos y horas, una delimitación de días, meses y años. Para cada cosa.

Los que saben o creen saber dicen que entender el tiempo que vives denota una mirada contemporánea, pero ¿cómo hacerlo si estás dentro del tiempo? El tiempo que uno mismo mira y estructura o dispone. Habría que salir de dentro para ver quién maneja, qué hay detrás o qué oculta lo que ilumina, en tanto la luz es la creadora de sombras en la propia dimensión temporal. La visión auténtica ha de ver lo que no se ve, nada de esas luces y sombras en el interior sino lo que fuese que esté fuera, no en el margen, que tampoco dice nada del mundo. Pues, si estás dentro eres connivente, atravesado por un sentido que no cuestiona, incomprensible precisamente porque se encuentra en ese interior.

La eternidad no es, en puridad, intrínseca al tiempo, ni una determinada idea del infinito propia de lo lineal, aquello que viene de siempre y que es para siempre. En el universo no es el río de Heráclito donde todo nace y muere a nuestro alrededor, incluso las estrellas que acaban por desaparecer antes que en el firmamento lo haga su desprendida luz. No, la eternidad más parece ser aquello que se encuentra fuera del tiempo. Claro que también están los que postulan lo eterno como repetición indefinida, la pesada carga del aforismo 341 en La Gaya Ciencia: el retorno sin fin en un esquema circular desde dentro, como en el día de la marmota, que muestra cómo realizarse es salvarse, y para eso, en el perfil religioso habitual, tenemos el tiempo. Ciertamente que en el dogma divino se trate de reparar un error ajeno, el de Adán y Eva, propiciador del pecado original del que por linaje somos responsables. Y cuando la religión pierde importancia y se seculariza, la cultura resta ese molde o matriz, superando la vida como suma de momentos hasta el tiempo lineal como base del propósito, así el tiempo productivo y finalista, buscando un sentido, la matriz teológica que subyace. El resto. Más que raro que en la corta existencia de carne y sangre solventemos tan original pecado y de esa manera podamos obtener la salvación que reporta una eternidad paradisíaca, sea de tiempo lineal o fuera del tiempo. En ese contexto la repetición sin fin sólo funcionaría como broma, a salvo naturalmente que el círculo se interrumpa cuando tras eones de retornos una vida muestre la realización perfecta, merecedora de la salvación y la ruptura del ciclo.

De hecho, si las conductas e incluso los pensamientos orientasen ese devenir trascendente nos someteríamos al escrutinio exterior que repercutiría en el control de nuestros actos y omisiones sin importar lo más mínimo un cúmulo de propios deseos que proceden de muy profundo o asumiendo el riesgo de reconocerlos y seguirlos sin importar ningún después. Pero negarse a uno mismo y, con ello, eliminar el goce de los sentidos o la satisfacción interior que puede obtenerse de cualquier alimento estrictamente terrenal, por respeto a un código ético que acaso sólo puede beneficiar a los demás mortales, se apetece insuficiente cuando ese "sólo" nada significa. Menos que nada si esos otros, los demás, resultan contrafuertes indiferentes para uno mismo, o una vez mínimamente conocidos se constatan odiosos sin remedio. Incontestable que en ocasiones sobrevuele esa mirada omnisciente como hipótesis en el sendero de la salvación religiosa, pero no es la auténtica razón de la culpa ni del Bien por encima del Mal, por mucho que limite su reflejo en la naturaleza de lo no humano, paradójicamente cuando es la humana la única característica que puede reconocerse entre sí bajo claves éticas construidas por las personas, aun vendidas como instrucciones divinas reveladas de un modo tan secreto, tan limitado. La omnipotencia podría haberlo hecho en forma tan generalizada e inmediata que apenas hubiera permitido la duda, es cierto, pero no es así por lo que parece.

30.

Decidí salir a dar una vuelta y no pude evitar regresar sobre mis pasos hasta el punto homicida. En la superficie del mundo las gentes y sus instrumentos seguían su curso ignorando deliberadamente lo que podía haber ocurrido en el subsuelo. Y la naturaleza toda también proseguía su andadura, impasible, en contra de la entropía.

Apenas había individuos en la calle, por lo temprano de la hora, aun cuando circulaban sin cesar los vehículos de quienes se supone ya acudían responsables a sus puestos de trabajo. Ese día podía yo evitarlo y con gusto lo evité. De todos modos decidí regresar para desayunar alguna cosa, dando fin al así corto paseo.

Mientras caminaba sin prisas mis pensamientos recorridos por las ilusiones del bien y del mal se centraban en la clave de su entendimiento final, el descubrimiento de mi naturaleza, así como la necesidad, la obligación, de ser fiel a esa naturaleza, como si se tratase de un mandato inevitable que se precipitaba en la búsqueda de la felicidad. Quizá el desconocer aquello que constituye nuestra propia esencia, cual núcleo duro del mismo ser, impide asumir los posibles objetivos vitales del mismo, desechando las máximas sobre el equilibrio aristotélico de la mesura, o la idea de perseverar en una virtud que no puede sino edificarse sobre determinada asunción de lo que es y para qué sirve la dicha virtud, ya definitoria de un concepto ajeno a la propia construcción personal.

Si nos reconocemos de una específica manera, porque somos de ese modo en sí, toda lucha en contrario, toda búsqueda del supuesto enderezamiento, toda pretendida constricción y rectificación de futuro, no será más que una batalla contra el viento, modelar cuadrados en las olas del mar o contar el aire en espacio abierto. En fin, la anunciada derrota de la guerra. La cuestión es cómo llegar a ese reconocimiento o si existen factores externos, anómalos, dañinos, llamados a perturbar lo auténtico, haciéndonos creer como verdad lo que no lo es ni puede serlo. ¿Y cómo saberlo? Quizá a través de la conducta diaria, el quehacer cotidiano de lo importante, pero sobre todo de la rutina del detalle sin importancia.

Actuar lo cotidiano y percibir el resultado aporta un propio merecimiento, el sentir positivo o negativo, en considerar que se tiende a la felicidad o se está en ella, o todo lo opuesto. Pero también puede ocurrir que algo desechable a corto plazo nos proporcione placer más adelante, o al revés. En ese caso, ¿cómo poder elegir entre una u otra conducta para con ello definir lo que somos? O bien basarnos exclusivamente en cómo nos encontramos al hacer o no hacer alguna cosa, en seguir u omitir una condena, dejar de actuar si molesta, seguir con ello si gusta.

Después el reconocimiento de uno mismo o la culpabilidad. Ésta, por su parte, desaparece si asumimos que no hay razón de culpa ninguna siendo fieles a nuestra propia naturaleza. Pero, ¿y si lo esencial de uno mismo no es inmutable, sino que, en contra del significado etimológico de la palabra, la esencia puede modificarse, evolucionar, o involucionar, hacia y hasta otra situación o estado? Acaso todo sea un avance, pese a que se valore como un retroceso. Sí, todo cambio temporalmente sucesivo es evolución, aunque objetiva, o subjetivamente, lo concluyamos en peor, como involución.

A menudo me encuentro inmerso en un tipo de pensamientos que se encadenan sin fin; acaban por no tener sentido último por mucho que formalmente pudieran parecerlo. Lo que al final queda, en realidad, es un propósito de eximirme, de escapar al juicio moral que sé muy bien otros me dirigirían, aunque no hubiera infringido ninguna ley penal positiva, que también. Al confrontar esa situación se hace más patente el desprecio al otro, a ese juzgador hipotético, futuro carcelero presto y codicioso moralizador. Lo haría desaparecer si pudiera, con todo dolor purgante que me fuera dado proporcionar. Y disfrutaría durante cada minuto de cada hora de cada día que pudiera prolongarlo.

31.

Que no te cojan. La seguridad de salir indemne e impune, evitar el descubrimiento, con o sin castigo pero sobre todo sin éste, favorece a no dudarlo los actos de principio recriminables a criterio de la sociedad. Si no fuera así tampoco se conformaría el temor de no poder escapar sin repercusiones. Pero hay que ir más allá de la estrategia del coste-beneficio que soslaya el valor y las consecuencias de las emociones de quienes actúan, y sobre todo su estupidez. Ello no obstante, comparar resultados positivos y negativos y escoger ante ese balance lo más favorable para uno mismo, por supuesto que dejando de lado el pésimo criterio de muchos para saber qué es bueno y malo para sí y en qué grado puede llegar a serlo -base irremediable de la decisión que así se toma-, propició el Modelo Simple de Crimen Racional, el análisis intelectivo del premio nobel Gary Becker. En fin, con este sistema se valora si merece la pena hacer algo malo o no hacerlo, sin importar al decidir si es incorrecto o correcto. Creo que se trata de un modelo de deshonestidad equivocado, pues si fuera cierto el crimen podría reducirse simplemente incrementando las penas y los medios de detectarlo, esto es, sus costes. Con todo, comparto la idea de que la mayoría de la gente no opera con base en la corrección, considera sino en lo que su propio interés, sin importar nada más, lo que suele acostumbrarse en las decisiones de los niños.

Cuando tenía ocho o nueve años un compañero de juegos en la calle se dedicaba a reunir piedras de diferentes colores, pequeños guijarros del suelo. Una vez me enseñó su colección, orgulloso de apenas un par de puñados de trocitos de suelo, pared o lo que fuera el origen de su elenco cosechado con afecto. Advertí una pieza translúcida de verde oscuro y le dije que eso no era una piedra, sino un vidrio de botella, que por lo tanto no podía estar en su colección de piedras. Al principio mostró perplejidad, con lo que inmediatamente me sentí culpable por propiciar la pérdida de uno de sus ejemplares, pero al tiempo pensé que no era bueno ocultarle su error. Era mi amigo. Al poco, rompiendo el silencio que se había mantenido desde mis palabras, me dirigió una profunda mirada y afirmó con convicción que le gustaba el verde, que desde ese momento sería la piedra jefe y que por supuesto seguiría formando parte de su colección.

En realidad, el vidrio está hecho de minerales, con lo cual es, ciertamente, una piedra: arena de sílice, carbonato de sodio y caliza u óxido de calcio fundidos a mil quinientos grados centígrados.

Asentí con media sonrisa y le dije que tenía razón, aunque entonces nada sabía yo de cómo se hace el cristal manufacturado o de qué manera lo crea la naturaleza, cristalizando gases en el interior de las rocas, ni mucho menos la diferencia entre cristal y vidrio, fundamentalmente distintos por el sistema de enfriamiento, el primero con una estructura regular que en el segundo es irregular o imperfecta, y carente de óxido de plomo. Por supuesto que él tampoco tenía la más mínima idea de tales informaciones químicas.

Guardó cuidadosamente las imágenes de su colección porque mantengo incólume el poso de la emoción sentida en ese instante: satisfecho y fenomenal, con unas ganas enormes de protegerlo enfrentándome a cualquier mal por él. Nuestras emociones imprimen con poderosa potencia el recuerdo de lo que nos ocurre, más que cualquier otra cosa que conscientemente pretendamos para afianzar en nuestra mente un suceso o un dato que consideremos necesario retener.

Nunca tuve que protegerlo de nada hasta casi el momento de separarnos para siempre, cuando su familia se trasladó cuando cumplimos los trece años; al menos nunca más lo vi desde entonces.

32.

Ahora mismo recuerdo con doloroso cariño el día en que me enseñó su colección, colocando las piedras una al lado de otra con sumo cuidado y una cara henchida de orgullo. No era absolutamente nada para todos y lo era todo para él, pero al conectar conmigo esa clase tan auténtica de sentimiento lo fue también para mí. Durante nuestros trece años, antes de perderlo, conocimos a una chica italiana de enormes ojos y nada pequeña nariz. Mostraba un desparpajo tan inusual que nos llamó la atención desde el primer día. Por no sé qué motivo relacionado con el trabajo de su madre iba a estar un año en nuestro país, alquilada en un piso del barrio, y mi amigo se enamoró desde el primer momento. A mí también me gustaba, pero nunca me representé tipo alguno de romance, a diferencia del idílico que aquél sostenía, por mucho que jamás intentó nada. Al poco de conocerla supimos que le gustaba mucho el cine de los USA y sin saber ni cómo ni por qué mi amigo contactó con un señor de un videoclub en la otra punta de la ciudad que le proporcionó un folleto a color de la película El Padrino, de Francis Ford Coppola. En ese tiempo todavía no se comercializaba el DVD, en fase de investigación, y ni mucho menos se tenía acceso generalizado a internet; ni Google existía. Los videoclubs brotaban por doquier, ya extendido el VHS sobre el BETA que durante un tiempo compartió ese mercado de alquiler. Creo que mi amigo fue de visita familiar y vio algo en el videoclub que le hizo entrar y entablar conversación con el encargado que, por lo que sea, le regaló el folleto. Da igual, la cuestión es que se le ocurrió construir un pequeño mural para la italiana, recortando imágenes cinematográficas de folletos publicitarios que al parecer eran de muy buena calidad, en gruesas láminas impresas en brillantes colores. Ante esa expectativa acudía al menos un par de veces por semana, tomando un par de autobuses en cada trayecto, a menudo regresando con las manos vacías, otras con más de un preciado documento con destino al puzle de recortes. Completó una buena colección antes que la italiana se dispusiera a marchar para siempre, dándole tiempo a confeccionar esa especie de collage que plastificó y enmarcó. Se gastó un buen dinero en un marco de madera poco más grande que un folio, pero sin cristal, no sé por qué, de ahí que comprara papel transparente de plastificar. El resultado quedó muy bien, mucho mejor de lo que suena al decirlo, recogiendo casi medio centenar de películas en una composición alegre, llamativa, y muy bien unida y compensada distribuyendo todo tipo de colores. Había cortado cada una de las piezas con sumo cuidado, el mismo con el que las adhirió utilizando un pegamento Imedio que también compró para la ocasión.

Observé la escena desde la esquina de la calle, habiendo oscurecido. Fue cuando se despidió de la italiana, que a la mañana siguiente viajaba a otro país, tampoco el suyo, mientras nosotros estaríamos en el colegio, aunque íbamos a centros diferentes. Había envuelto su regalo en papel brillante, del mismo modo comprado para presentar su regalo en una tienda bastante cara. La chica lo abrió con cuidado, no se lo podía creer, decía, y mostró su asombro al ver la obra del chico. Afirmó que le encantaba, que era un trabajo precioso y lo tendría siempre porque le recordaba un montón de películas que le gustaban mucho. En la parte de atrás mi amigo había escrito algo pero no sé qué. Ella lo leyó y le sonrió. Le dio un beso en la mejilla, lento y largo, y se despidieron, marchándose él. Apenas le veía la cara pero me pareció henchido de satisfacción y felicidad. Todo el trabajo había sido suyo pero también supuso orgullo para mí y felicidad propia sólo por percibir la suya.

En ese momento se cruzó con un par de chicas del barrio que me imagino iban a saludar a la italiana, también para despedirse. Estuvieron hablando un rato con ella, ignoro por qué mantuve mi vigilancia. Siempre me había gustado verla hablar, con sus gestos armónicos, el largo pelo azabache moviéndose mientras reía y charlaba. No les mostró el puzle enmarcado, apoyado a su espalda, contra el respaldo del banco, que las muchachas tampoco vieron por sí mismas. Al cabo de unos cinco minutos, no más, las tres se levantaron y se fueron, y a punto estuve de salir corriendo para advertirle que se dejaba el regalo de mi amigo, el corazón me dio un vuelco al ver que no lo olvidaba. A unos seis o siete metros giró su cabeza y fijó la mirada en él, por varios segundos, pero no paró su andar ni modificó en lo más mínimo la dirección de sus pasos mientras escuchaba a una de las chicas que hablaba sin parar, mirando de nuevo al frente con un giro acompañado al vuelo de su magnífica cabellera negra. Negra como su corazón, debí pensar paralizado de la angustia. Avancé muy lentamente hasta el banco y tomé en mis manos el puzle de cine cuando las tres ya se habían perdido de vista. ¿Acaso se le representó algún reparo responder a la curiosidad de las demás si le preguntaban por eso? No parecía que su rostro mostrase ninguna inquietud cuando miró largamente mientras se alejaba. De todos modos me senté en el banco con un halo de esperanza y permanecí con el regalo en mi regazo lo menos una hora. Me riñeron en casa cuando llegué a cenar tan tarde. No me importó. Yo esperaba con enorme intensidad que la italiana se hubiera desembarazado de las otras y regresase a recogerlo, pero no lo hizo. No al menos durante todo el tiempo que velé por el esfuerzo de mi amigo.

No pude dejar el puzle allí, naturalmente, pero decírselo me resultaba imposible, no era una simple piedra de su colección. Fue mi secreto, y sigue siéndolo. Esa noche mis lágrimas brotaron de tristeza y rabia impotente sin remedio cuando en la soledad del dormitorio guardé el regalo tras leer la dedicatoria que firmó: "para que te acuerdes de" y su nombre a continuación. Yo hubiera escrito "siempre que tengas este regalo me tendrás en tu memoria", pero él siempre resultó más directo y sencillo.

No me despedí de ella y me alegré. Aquella misma tarde, al salir del colegio, me había pedido que no dejara de hacerlo. Iba a verla cuando mi amigo le entregó su regalo y yo no quise interrumpirlo, ni tampoco aparecer estando las otras chicas despidiéndose. Y cuando abandonó el puzle quedé paralizado el suficiente tiempo para pensar en que no valía la pena ir hacia ella, con o sin el regalo, y despedirme como sinceramente le había prometido. Al borde del verano, justo al acabar las clases, mi amigo marchó. Parecíamos dos pequeños adultos, frente a frente, serios. Cruzamos alguna frase al estilo de ya nos veremos, poco más. Ni había oído hablar del pueblo donde iban a vivir, de los padres de su madre, solo que todavía no tenían teléfono y parece que nunca lo tuvieron porque nunca me llamó, tampoco me escribió para dármelo y yo no tenía su dirección exacta.

Hacía muchísimo tiempo que no recordaba esta historia. Pienso que él imaginó que su puzle estaría con la italiana durante años, quien sabe si para siempre, pero no sé si ella se acordó de él o de su regalo, tan costoso en dinero, tiempo y, sobre todo, amor e ilusión.

33.

Llegué al piso y me envolví en el silencio incomprensible reinante. Tumbado en el sofá me sentí muy cansado. Apenas había dormido esa noche, pero no era por eso. Recordar a mi amigo y su despreciado regalo me había entristecido y puesto furioso al mismo tiempo, como me ocurrió aquella vez. Y se trataba de un tipo de furia que me aceleraba enormemente el ritmo cardíaco. Pude apaciguarme tras imaginar la cara de la italiana en la horrenda alcantarilla donde murió el perro, agarrándola con fuerza del cuello hasta matarla mientras me imaginaba escupir todo tipo de insultos en su contra. Me resultó muy duro entonces, pero quizás no fuese para tanto. Pese a la enorme virulencia de mis emociones, enraizadas en odio y frustración, que al cabo vienen a ser lo mismo, cuando me recosté en el sofá ya se me había pasado toda alteración. Ni me di cuenta. Sólo cerrar los ojos y entré en un sueño que acabó por resultar tan vívido como poco satisfactorio.

Era un terreno montañoso, árido y sin viento, inclinado, hacia abajo desde mi perspectiva. Notaba una valla y una puerta a la espalda; más que sus características su volumen, pero no veía ni puerta ni valla, lo que significaba que había estado allí, de visita o incluso viviendo. Tampoco podía observarse, ni se intuía, edificación alguna, sólo árboles a lo lejos, altos pinos blancos que alcanzaban los cuarenta años, sino más. La sensación fue la de un sueño largo, pero apenas recuerdo nada de lo ocurrido. Percibía el entorno mientras sentía soledad en mi interior y veía una especie de tumbas en derredor, verticales, forradas de colchas de viejo color blanco o beige, dos pliegues en forma de ventanas cerradas, en cierto grado tensas pero sin rigidez. Allí yacían mi padre y mi hermano, también mi madre, aunque ésta todavía no ha muerto, y por muchos años. Pronto les acompañaría uno mismo. Más que imágenes se trataba de sensaciones, negativas, profundas, desgarradoras, sobre la imposibilidad de comunicar, de hablar con ellos, del tiempo perdido durante el cual habría sido posible conectar y que se desechó irremediablemente. Por si fuera poco, anticipado mi propia muerte y entierro en aquel lugar, tenía por seguro que yo mismo tampoco podría comunicarse conmigo, hablar solo, cuando menos pensar en lo que fuese. Era el adiós total.

Desperté con la idea de no desaprovechar las horas, los días o los años que me quedaban con mi progenitora viva, cerca en el espacio pero muy lejos en la práctica diaria, apenas unos minutos de conversación telefónica en cada jornada. Ya era mucho en comparación con otras familias, pero en ese momento se me antojó insignificante y perjudicial para mí mismo. Sufría el dolor del fin, el malestar de lo infinito. No para un yo inmediatamente anterior a un acabar sin trascendencia. Ya no había tiempo ni vuelta atrás, nada era posible, absolutamente nada. Y a un paso, el olvido. También de mí sobre mí mismo.

El enorme desasosiego me despertó con sobresalto, aunque volví a recostarme y permanecí sobre el sofá mirando un techo en el que se reflejaba la luz de la mañana. Que crecía cada vez más. Volví a cerrar los ojos, y regresé a los ensueños que me compartían. Cuando de nuevo volví a despertar me dolía la espalda, sobre todo a lo largo de las vértebras lumbares. Apenas pasaban unos minutos de las diez. En esta ocasión un mismo viaje onírico, totalmente distinto, se había sobrepuesto a sí mismo. Iba perdiendo su nitidez, los detalles de la historia y los personajes que en ella vivieron, pero todavía era capaz de recordar algunas cosas. Yo aparecía dirigiéndome a una oficina pública para una especie de reclamación o consulta. Una gran puerta doble de ascensor venía secundaba por dos escaleras que se proyectaban a su alrededor, con un pasillo al frente que comunicaba los tramos que subían y bajaban. Debía ir al quinto o al séptimo piso y oía cómo un sujeto varón, de un pelo rubio extraño, de geometría imposible, hablaba en recepción y decidía en el último segundo tomar conmigo el ascensor para una segunda queja. Al llegar al piso era de los dos el equivocado, pero las puertas se habían cerrado para permitirme volver a su interior y el botón de llamada no respondía, por lo que decidí subir por las escaleras que ascendían a mi izquierda. El tipo largo de estatura y pelo extraño me siguió a grandes zancadas diciéndome que él iba primero. Aceleré el paso y entré por delante de él en una estancia donde todo cambió. Era un domicilio particular en el que yo iba a quedarme por poco tiempo, y donde el rubio ya era rubia; y también se iba a quedar. Había un largo sofá frente a un mueble bajo con un televisor mediano obstaculizada su visión hacia la mitad de los asientos por una gruesa columna de base cuadrada. A la izquierda, sentada en silencio, la rubia; conmigo, a mi derecha, una niña muy pequeña, mi hija, con unos juguetes que la entretenían, y más allá un hombre joven, el encargado del piso, que no el dueño. Me levanté y crucé la estancia en línea recta hasta colocarme ante una puerta, la del dormitorio que ocupaba con mi hija, ya instalado mi limitado equipaje.

Nada tenía sentido. Recibía punzadas, probablemente de mi dolor lumbar consciente en la vigilia, y me giraba sobre los cojines buscando lo que no estaba allí. Pretendía dominar el sueño al menos para que evolucionase hacia algo inteligible, pero lo único que pude conseguir fue otra sensación, poner a salvo a la niña, para siempre, matándolos a todos. Cuando desperté de nuevo apenas habían transcurrido un par de minutos. El tiempo no existe cuando estás dormido.

34.

Una de mis múltiples fantasías, ya nacidas en la madurez: ser un asesino profesional desde los quince o dieciséis años, amparado por una inteligencia muy superior a la de cualquiera, convirtiéndome en alguien desconocido para todos en esa doble vida, corriente y criminal, extraordinariamente lucrativa con el paso de los años y la experiencia, si bien todo el dinero conseguido, después de gastar lo necesario en la tecnología y preparación imprescindibles para ese trabajo sicario, se convertía en donaciones anónimas para obras de caridad o similares destinos altruistas. Era imposible identificarme, aunque en círculos muy específicos se conocía de mi existencia, así como del modo en que podía contratárseme. Y no obstante negociaba y cobraba enormes cantidades de efectivo provenientes de lo peor de este mundo, por lo que puede deducirse no sería un dinero limpio.

También acababa con lo más dañino, al rechazar encargos contra inocentes. La excepción tuvo lugar tras un trabajo para la mafia que no quiso pagarse según lo convenido, y la "familia" que lo encargó, más de doscientas personas, incluidos niños y niñas, fueron eliminados en menos de dos meses, la mayor parte asentada en Calabria. Básicamente fue ese el único episodio imaginado de tal perfil fantasioso significativamente pueril, a excepción del fallido intento de ser atrapado por un especialísimo equipo de los Seal que quedó destruido en menos de cinco minutos, la ocasión en que más cerca estuvieron de atraparme, otro ejercicio de superlativo infantilismo autocomplaciente. El resto resultaban indeterminados trabajos individuales, a lo largo de todo el mundo, y que tras la adolescencia debían combinarse con sólidas coartadas: el tipo de trabajo y una mujer y unos hijos que por supuesto nada sabían. Era mi tapadera, mi otra identidad. Se perseguía una suspensión de incredulidad a partir de la extraordinaria inteligencia que, por supuesto, ni por asomo tenía en la realidad, dejando muchos espacios en el vacío, sin explicación posible, dados por hechos. A veces recupero el imaginado perfil sicario colocándome en esa noción de poder, puede decirse que absoluto, de asesino implacable e indetectable, perfecto en el plan proyectado, seguro, sin errores con su puesta en práctica, capaz de cualquier cosa y bajo cualquier circunstancia. En el fondo no dejaba de ser la ilusión de autoprotección ideal, una especie de omnipotencia e infalibilidad que podría afrontar toda situación concebible y mantenerme a salvo.

Es curioso que todo ese imaginario nunca me haya servido ante la adversidad, sino exclusivamente cuando fantaseo. Pero el otro día, en la oscuridad, de algún modo me sentí próximo a ese poder, a ese infalible, y obré como con una identidad secreta, paralela a la real, si es que ésta que tengo a vista de todos es realmente la auténtica.

Sea como fuera esta madrugada superé el sueño y la imaginación. Viví la omnipotencia, y la sensación de dominio resultó imposible de describir. Es como un sueño de felicidad. Una satisfacción que se siente sin fin. La completitud e integridad más absolutas.

Siempre he sabido que también era una necesidad no cubierta, reprimida, apenas satisfecha con puntuales momentos en los que molestaba a alguna mascota fuera de la vista de su dueño, sin contar aquel inocente animalito que se tuvo en casa. Y tengo la sensación que ahora se ha convertido en una necesidad mucho más acuciante. Por el momento, sin embargo, me basta y sobra con el reciente recuerdo, al que puedo acudir cuando quiera, como tomar sin prisa la bebida favorita, bien fresca, cuando se está sediento. No obstante pienso también sobre lo que ocurriría con un ser humano. No creo que fuera lo mismo. En el perro hay aspectos de sumisión natural, sobre todo el husmear cualquier cosa, que difícilmente puede imponerse en el actuar natural de una persona. O quizás sí.

Constato sin embargo una diferencia muy importante entre las personas y el resto de animales. Dejando de lado a los insectos, no tengo ánimo ninguno contra los segundos, pero muy a menudo sí querría matar a los primeros. En buena medida cuando considero que deben ser castigados por algo que han hecho o, simplemente, por lo que son. A poco que sepan del motivo de su muerte es ésta el objetivo, que mueran y punto. No ocurre lo mismo con los animales que se dicen irracionales. Por mucho que me importa relativamente su destino, es cierto, no es la muerte lo que persigo, mientras que la posibilidad de morir tampoco creo les afecte en lo más mínimo respecto de su sufrimiento frente al dolor o la inminencia de más dolor, lo que debe ser muy distinto para un hombre o una mujer, o incluso para el niño o la niña, que se saben mortales y comprenden que pueden perder la vida.

Recuerdo a aquel pequeño, hermano menor de un amigo también más pequeño que yo, un par de años, con el que jugaba en la calle cuando tenía diez o doce años. No sé si lo engañé o simplemente utilicé la oportunidad para llevarle hasta su hermano en unas instalaciones deportivas a tres calles de la suya. Debía tener como tres años, cuatro a lo más, y me sorprende ahora que estuviera solo fuera de su casa. Eran otros tiempos. Le cogí de la mano y caminamos en su confianza hacia el campo de fútbol donde suponíamos estaría el hermano. A cien metros de la puerta se separó y echó a correr, pero inmediatamente antes le mostré unos excrementos en una esquina, tirando de él hacia ellos, obteniendo el rechazo inmediato y visceral de ese niño de cara angelical, nariz chata, como sin huesos, y frente ancha y mullida. Creo que en ese momento supo de mi auténtica naturaleza cuando siquiera yo era consciente de nada. Pero vi en sus ojos un enorme temor, casi irracional, que era lo que en el fondo buscaba yo con aquella maniobra. Si ahora tuviera a ese niño a disposición, con su capacidad de temor, pudiera ser mejor que una mascota.

35

Cuando afloran pensamientos relacionados con el hacer daño a personas surge, irremediablemente, el obstáculo infranqueable de la cobardía. No es lo mismo torturar a un animal que a una persona, y a ésta, que puede hablar y contar, habría que matarla de seguro salvo encontrar un modo de no ser reconocido de manera ninguna, pero yo no tengo la inteligencia de mi quimérico asesino profesional. Pienso que mi codicia no sería suficiente para superar el miedo a ser descubierto, sin olvidar el cómo hacerlo todo. No se trataría de matar sin más, eso sólo supondría el final, junto con la eliminación de cualquier huella que pudiera delatarme.

Naturalmente, tendría que planificarlo hasta el más mínimo detalle, comenzando con la elección de una víctima con la que nadie pudiera relacionarme, o en un lugar y en un tiempo que tampoco, una especie de amplificación de la coartada que, por supuesto, también habría de elaborar concienzudamente. Pero a diferencia de ese personaje imaginario súper-inteligente, dudo de mi capacidad para idear un plan en el que resultase imposible atraparme.

Y ahí reside el temor a ser descubierto, en parte por la exposición al público en general, pero sobre todo por ser hecho preso y maltratado de mil maneras en el centro penitenciario al que fuera asignado.

La auténtica libertad puede ser la de quien no tiene ninguna atadura, no física, que también, sino moral y legal, y a otra por su propia naturaleza, sobre que se pretende considerar que la naturaleza jurídica no basta en un animal social, que forma parte irremediable su hábitat y su cosmos relacional. Pero también puede identificarse la idea del ser libre como la de cualquier sujeto sometido a todas las circunstancias y contradicciones coyunturales, pues no cabe pensar, más que en el plano teórico, de laboratorio, la figura de un individuo en sí, desconectado de todo lo que le ha formado en el pasado y le rodea en el presente. Más allá del instinto de Lorenz apoyado en la herencia animal, y el conductismo de Skinner que todo lo explica a partir del condicionamiento social, es claro que a diferencia de los animales los seres vivientes humanos son agresivos no sólo por supervivencia o en clave defensiva en último caso, sino también como si se tratase de una pasión, como el amor o la codicia, propia de un actuar sin objetivo social o biológico, lo que suele identificarse como destrucción maligna, no obstante cualquier agresividad era para Freud causa de enfermedad. Y quizá el repaso antropológico permitía observar que la evolución de la especie humana, si es que el humano es una especie, domina y restringe lo instintivo en pos de esa otra agresividad, al mismo tiempo que depura distancias con el animal irracional, donde junto con la crueldad también se advierten esas emociones dígase buenas, particularmente el amor. En ese contexto se acaba por plantear si la libertad es realmente un principio y un derecho fundamental tan exigente o merece, en cambio, ser mucho más definido por la colectividad. O acaso ya esté más que delimitado, y la cuestión sea reconocerlo. Si se discute habría que pensar que es lo que se quiere, ¿una auténtica libertad?, y ¿cuál de las dos?

36.

La vida es una mierda. Esta expresión no resulta inhabitual en mis labios, pero en puridad debiera concluirse incorrecta. Acaso tendría que decir que mi yo es una mierda, porque la vida, en sí misma, desde la naturaleza hasta las proezas del espíritu humano, es maravillosa y sólo nos brinda oportunidad, con azar o por necesidad, bajo la idea del destino o la predestinación, o bien el libre albedrío en el hacer y el no hacer. Es cierto que tras la muerte de Dios por el hombre, al decir de Nietzsche, y que en realidad devino con la muerte de la razón, hemos llegado a la crisis de la misma esperanza donde el anhelo reside en el tener. Al margen del por qué y, sobre todo, del para qué, sea en el mundo del capitalismo, sea en el del comunismo, la tenencia se alza incontestable guía del individuo, por mucho que éste, en mayor o menor medida, comparta una visión general e incluso la búsqueda del llamado bien común. Pero da igual.

Impera la ambición en la peor de sus perspectivas, y la acumulación sobre esa visión codiciosa, no obstante la mayoría de la población mundial carece de la más mínima oportunidad de reaccionar ante una de las violencias más sangrantes y probablemente más peligrosas por su aparente silencio: la pobreza. Siempre recuerdo que el 11 de septiembre de 2001, cuando murieron varios miles de personas en las Torres Gemelas neoyorquinas y en diversos aviones de pasajeros, perecieron muchos más seres humanos de hambre ese mismo día, igual que lo habían hecho el anterior y lo siguieron haciendo cada día hasta hoy. Cada maldito día. De ellos, un número también superior a aquella cifra de muertos fueron niños y niñas, más de veinte mil de no más de cinco años. Estoy seguro que todos y cada uno de estos últimos eran absolutamente inocentes, y no creo que la mayoría de las víctimas adultas del 11-S lo fueran, al menos en tanto a sabiendas o por ignorancia deliberada un día tras otro nada hacían ante la referida muerte masiva por inanición, o respecto de alguna de las mil batallas sobre el planeta en pos de lo justo al no tener suficiente comida, o territorio, o armas o vanidad. Esto no significa que apruebe los atentados, una horrenda obra de estúpidos, y me refiero a los individuos que en una equivocada estrategia intelectual urdieron y dirigieron la muerte terrorista, sin ponerse ellos en peligro por servirse de los adeptos que se auto-inmolaron, más estúpidos aún, y aunque cobardes por sus actos hacia los demás, no en cuanto sacrificaron su existencia –o su vida si creían en el porvenir del más allá– por un ideal en el que creían, donde posiblemente concurrían fuertes dosis de impotencia y venganza contra un país que suele pretender el dominio geopolítico por intereses económicos, a pesar de utilizar la bandera de los derechos humanos para intervenir por la fuerza de las armas a miles de kilómetros de sus fronteras, transportando a esos lugares muerte y destrucción que se perpetúa cuando abandonan el lugar, no la paz ni la democracia que venden a la masa y a ellos mismos en última instancia, mucho menos la Justicia. Mi propia muerte en una de esas torres, por supuesto, habría tenido menos valor que la un niño pobre de hasta cinco años demacrado hasta fallecer al no tener un bocado que llevarse a la boca.

Ese tipo de cosas contribuyen a la idea de que la vida es una mierda, pero la mierda somos cada uno de nosotros. Aun en la vida más miserable, y sin reparar en el suicidio, acaso pueda encontrarse la dulzura y la felicidad, pero quizá ello dependa en gran medida de la suerte, mejor decir de la casualidad. En todo caso, hay quienes renuncian a la importancia del tener cuando tienen. No es el caso de los coreanos ancianos que se quitan la vida porque el Estado no les proporciona ni vivienda ni sanidad ni alimento. En esa situación, sin la juventud que puede ofrecer propios medios de sustento aun a la desesperada, sean cuales sean, un mínimo tener debiera considerarse indispensable para no decir que la vida es una mierda.

Todo acaba reconducido al poder. Y el mejor poder es aquel que no se percibe, el que ha conseguido que uno mismo se discipline, lo que fundamentalmente se apoya en la mentira. Curioso en todo caso que se afirme la inexistencia de la verdad, bajo la clave nietzscheana que todo son interpretaciones. Porque si eso es así, si se reconoce que no hay verdad, ¿todo es mentira? Aunque haya una verdad o no haya más que interpretaciones, lo que sí es cierto es que las mentiras no paran de sucederse, sin cesar.

También podemos pensar que las verdades son metáforas o ilusiones que ya se ha olvidado que lo son, pero entonces es como si no creyéramos en nuestra propia razón, nuestro singular pensamiento o nuestros propios sentidos. Me creo lo que veo, lo que toco, lo que gusto y huelo, lo que oigo, es una especie de fe, del latín la "fi" de confianza. Abrir la búsqueda, más allá de la certeza, es como señalar que la verdad murió, lo que no dejaría de ser una forma del Dios ha muerto que expuso Nietzsche, por ejemplo en el aforismo 125 de La Gaya Ciencia: si el mundo es cerrado porque está lleno de certezas, Dios lo abre, opera como resto, la esperanza ante la norma-lización auto-disciplinante de ese mundo totalitario; pero Dios cierra si el mundo es abierto, sin certezas, como una solución provisional para el miedo del abismo tradicional significado con la muerte. La dogmática del ateísmo es mucho peor que la de la religión, alzándose prepotente como una dogmática de razón negatoria. De todas formas, no debiera olvidarse que expresar "Dios no existe" implica una certeza. Esto ha de relacionarse con la consideración de Dios equiparado a la otredad que intranquiliza, donde seríamos apertura y Dios lo que no cierra, un resto que impide el cierre, por eso no tiene nombre y es inefable. El innombrable bíblico. De tener un término o palabra que lo nombrase cerraría, por eso cuando Moisés le pregunta su nombre la respuesta fue un término sin sentido. Yo soy el que fui (no el que "soy" de la traducción griega) viene escrito en Éxodo 3.14. Y para autores como Nancy se erige en el instrumento que el ser humano utiliza para ir más allá de uno mismo, aquello que conduce al sobrepasarse. Actuamos entre la nada y la nada, nuestra existencia después de nacer y antes de morir. Somos posibilidad, lo otro es lo imposible.

La captación de Dios por el conocimiento, el logo, viene a definir la teología, que en definitiva es comprenderlo como un orden. El pensamiento, lógica, discurso o estudio de Dios. Ahora bien, muy tonto debe ser uno para no advertir que los absolutos y las certezas de la religión institucionalizada, desde siempre, acaban por vaciar lo auténticamente religioso, que estaría en la búsqueda de quien se asume finito y se pregunta qué le ocurrirá tras el fin de la vida mortal. Pero la posibilidad de saber traiciona la fe, que pudiera considerarse una fuente de conocimiento, no un saber a la manera de la ciencia, de todos modos delimitada, por mucho que avance sus fronteras sin parar, determinando de ese modo los contornos que le son propios, a partir de los cuales el creyente tiene fe más allá de ellos. Es una idea antinómica con lo científico, como la expresada por Tertuliano sobre la fe: creer porque es absurdo. De manera que, si escogemos esa línea de pensamiento, cualquier contradicción que la razón encontrase en los textos bíblicos no conformaría más que una nueva prueba concretamente en favor de la fe.

Cuando las religiones institucionalizadas pontifican con lo que hay después de la muerte, cuando pretenden dar respuesta a ese misterio, de algún modo traicionan la esencia de lo religioso, de la fe. La ciencia, en particular la filosofía, y la religión, como creencia, tienen su mirada en el mismo objetivo, el por qué, pero la segunda no puede pretender un resultado como el de la primera, pues ésta está dentro de los límites del conocimiento y aquélla fuera de ellos: cada vez que la ciencia demuestra un avance en el límite, y con ello, quizás, una determinada inconsistencia racional del texto religioso, indica la barrera a partir de la cual no cabe explicación, y eso es así porque no se explica; eso extiende un terreno para la fe. De todas formas, y dejando al margen que la ciencia puede estar equivocada, y afirmar conocimiento que en realidad no lo sea –generando así falsos límites del saber–, considero que puede haber certeza en el que tiene fe y cree al cien por cien lo conocido por la revelación a la que se otorga credibilidad por la propia fe. Porque la creencia religiosa es también fuente de conocimiento, y quienes piensan que nuestras limitaciones intrínsecas muestran una paradoja insoportable sobre qué hay tras morir y critican lo que ofrece la fe, olvidan que su crítica nace de ver las cosas con la razón en el contexto de ser limitados por ser mortales, acaso confundiendo uno y otro tipo de "conocimiento" por identificar ambos como característicos de la "racionalidad".

La fe permanece respetada en el seno de la auténtica religiosidad, esa no perjudicada por la institucionalización que dogmatiza, si los escritos sagrados se sirven como un compendio de preguntas en la búsqueda. Todo lo contrario cuando la Biblia se configura como instrucciones para disciplinar la vida social y la personal.

Y si acudimos a la etimología del término "religión", démonos cuenta que esa palabra se construye a partir del re-ligare, que no es más que regresar al origen en ese eterno retorno: volver al principio, hacia aquello de lo que provenimos, y hacerlo en manera eficiente. Ocurre que esto no se queda aquí, sino que añadiendo los ritos, generando la ética, y una directa relación de la misma con la metafísica, el conjunto resultante se orienta a la práctica de la vida, del comportamiento, y construye una escala de valores. Pero tras todo ese aparato institucional se encuentra un mundo injusto, el trasfondo que se afronta con la ética, que no lo soluciona; como mucho, a veces, al modo de paños calientes, como lo son los cauces o guías religiosas subyacentes: contra peor se sea, contra más pobre y desgraciado, mejor. Y quien está convencido que el lapso temporal terrenal es casi nada en pos del eterno devenir, asume incluso agradecido lo pernicioso de su vida y permite el triunfo del poder.

37.

Me gustaba dibujar puestas de sol. Mejor decir que coloreaba atardeceres y crepúsculos. Creo recordar que lo hacía por placer, simplemente. Veía desde la galería de mi casa esos colores anaranjados, rojos y añiles. Utilizaba lápices de colores normales y corrientes, y hojas de papel común, con líneas o cuadriculadas, eso no importaba. Se trataba de incorporar líneas horizontales y capas, intentando copiar un cielo cambiante mientras mi madre cosía o hacía punto sentada en una butaca color granate y absolutamente centrada en sus labores. Y el silencio alrededor.

A veces despierto por angustia, pensando en que todo acaba o está a punto de acabar. Un período de vacaciones, por ejemplo. El mío está al límite de su conclusión. No se trata del miedo de aproximación a la muerte, pero ésta también compone un final, un acabar, de ahí la angustia, ya existencial. Por el momento me aparto de estos pensamientos, que suelen convocar negativas emociones, pero no de los más livianos y sin apenas trascendencia, como que empieza un día sin objetivos, y que, cuando acabe, otra jornada más engrosará una vida cada vez más larga donde la mirada atrás reportará muchos logros pero ninguno mostrará auténtica satisfacción personal, íntima, veraz. Para nada constituyó un logro mi experiencia con aquella mascota, pero sí una verdadera satisfacción, honda y profunda, un placer intenso que conecta con lo más interior, que pone de manifiesto unas pulsiones no creadas intelectualmente sino ínsitas en mi naturaleza, esenciales y persistentes por mucha elaboración racional que vierta en mi cabeza, buscando impregnar mis conexiones neuronales con algo bueno, aunque la razón no siempre lo es, particularmente cuando crea monstruos goyescos.

A través del intelecto puedo rastrear justificaciones delirantes para relativizar a mis víctimas al punto de eliminar su más mínimo derecho de existencia, como un grano de arena en el desierto de la incertidumbre, no en vano cada día mueren miles y miles de personas y no por causas naturales. Esos veinte mil niños de menos de cinco años, cada día, frente a los cuatro o cinco mil adultos de la Torres Gemelas.

Quizás la total frustración deriva de suprimir la crueldad que reclama incesante, y cabe que satisfacciones de otra índole, propias del amor o de la amistad, pudieran cubrir determinadas necesidades que, al no colmarse, conducen a compensar emocionalmente, de otro modo. Buen intento, pero no. No creo que el desamor y la soledad provoquen lo que tengo, lo que soy. De hecho, he disfrutado y disfruto amor, dado y correspondido. Por otra parte, diría que a menudo incluso, periódicamente al menos, me aparto de la vida de relación y hago que los demás también se aparten. Es, por lo general, una maniobra de castigo, de actuar mi propia disciplina, de dar lecciones a través de privar a los demás de mi presencia. Como si fuera Dios con respecto al Lucero del Alba, cuya mayor penuria es no poder sentirlo, verlo. Son ráfagas de deseo de estar solo y apesadumbrado, y así consigo, al través del supuesto castigo a los demás, una tristeza y alejamiento propios. En puridad me castigo a mí mismo. Dejar de ver a alguien, o de hablarle, o incluso de dar muerte a una relación, erradicarla por completo, justificándolo porque el otro ser humano no se lo ha ganado, no me merece en lo más mínimo, arrepintiéndome o no de lo que le he llegado a dar, pero en cualquier caso castigándolo con el fin de toda vinculación.

Cuando iba a primaria un señor muy mayor venía a recoger a un compañero a la salida de clase, por la tarde. Siempre estaba, de pie, atento, correctamente aseado. No era muy alto, y tampoco podía corregir su curvatura cervical, por la edad supongo. Estaba serio, tranquilo, con mirada hasta apacible, y cuando veía a su nieto se le iluminaba la cara, avanzaba unos pocos pasos hacia él mientras el crío se le acercaba sin demasiado interés. Entonces el buen hombre mostraba un envoltorio hasta ese momento oculto en sus manos recogidas a la espalda, entregándolo ilusionado. Era la merienda, un bocadillo que no pocas veces imaginé cómo era preparado en su casa, tras haber comprado el pan recién hecho, empaparlo en tomate, regarlo con aceite de oliva, cortar con cuidado el chorizo. También pensaba que era viudo, o que tenía a la mujer enferma, porque de lo contrario hubieran acudido ambos abuelos al colegio y nunca vi a una anciana acompañada. El hombre llevaba un libro, que leía sentado en un banco de un parque próximo al que acudía con el nieto para que éste jugase un buen rato. No sé por qué, en una ocasión me quedé unos minutos a jugar con él, camino de regreso a casa, y mientras el abuelo leía cómodo y satisfecho, mi compañero de clase se deshizo del bocadillo en una papelera. Me dejó estupefacto y le pregunté por qué hacía algo así, viendo en ese día el tipo de merienda que llevaba, lo apetitoso que parecía el pan, el abundante embutido que finamente cortado sobresalía simétricamente por todos los bordes. De haber podido me lo hubiera zampado yo mismo con enorme gusto. Me dijo que lo hacía desde el principio, que siempre era el mismo tipo de merienda, salvo que alternaba con el fuet, otro de mis placeres, por lo que el esfuerzo del señor mayor nunca proporcionó alimento y sabor al niño. Ignoro si alguna vez se supo de su desagradecimiento y desprecio, espero que no, que el abuelete siguiera satisfecho entregando cada tarde una merienda de gourmet y disfrutando al hacerla. Antes de acabar el curso perdí de vista para siempre al anciano curvado. Dejó de venir a recoger a su nieto porque a él le recogió la muerte.

Quiero pensar que fue muy feliz sus últimos meses de vida, viendo a su nieto crecer y pensando que se comía sus fantásticos bocadillos, porque lo eran.

38.

Padezco una amargura que no se proyecta hacia fuera tanto como vierte pesadumbre dentro de mí, en parte por lo que de fracaso insinúa, pero también, más si cabe, por el dolor auto-infligido, un malestar contra mí mismo que por lo general casi siempre podría haber evitado. Mi decisión es la contingente causa de la propia desdicha, porque quiero ser desdichado. ¿Se trata de una necesidad emocional? ¿Será un ímpetu imposible de arrinconar por mucho tiempo?

He de estar triste, compungido, lamentándome en silencio. Inconscientemente generando odio, venganza, anhelos de perjuicio en derredor. Deseando compartir mi pesar, que todos sientan el mal que yo siento. Deseos por ahora. Y crecen. Y se hacen gigantes, enormes intenciones que llenan el vacío que yo mismo he provocado. Porque en el fondo así lo quiero. Es mi necesidad preliminar. Puede que también una parte de la vida propiamente dicha, pero no plena. Eso lo consigo con una crueldad que persigue el sufrimiento y el dolor, no la muerte.

La vida es saber que se vive, ser consciente de esa vida, palpitar la existencia. Pienso que, como en aquel cuento, si hoy inscribieran mi lápida podrían poner que sólo viví unas pocas horas. No olvido los segundos conseguidos aquella vez que cuando paseaba sin rumbo pisé la cola de un perro sentado apaciblemente al otro lado de una puerta en un cerrado patio delantero. El animal esperaría el regreso a casa de sus amos, y pese a su agudeza auditiva no escuchó ni oyó que me acercara por la acera que le colindaba. Sigiloso por casualidad, supongo, observé de improviso la gruesa cola reposada en el trayecto de mis pasos. Apenas pensé en hacerlo y ya lo estaba haciendo. Le clavé el tacón de la bota en maniobra rápida y contundente. Chafé. Noté duro, hueso. Al tiempo escapó un aullido de sorpresa y dolor, corriendo bajo mi talón la maltrecha extremidad con ávido movimiento natural de huida, cual serpiente agazapándose entre la hierba al borde de un camino. Una acción refleja. Percibí una sensación de algo machacado, al modo del nudo de una recia caña reseca bajo el neumático de un coche.

También habría que añadir unos pocos segundos cuando pisé las patas delanteras de un amigable caniche que pretendía olfatear mis zapatos cuando andaba hacia la compra, simulando detenerme para no pisarlo pero haciéndolo como quien no puede evitarlo. U otro caniche de impertinente olisqueo que por tres veces y ante la impasibilidad de su ama, distraída pagando a la cajera del súper, rozaba su hocico con la punta de mi calzado. Al cuarto olfateo avancé el extremo de la bota, reformado en su interior con una puntera metálica, hacia la búsqueda de su olor, impactando sin ruido pero con inmediato e intenso efecto doloroso. Le observé de soslayo pero disimulé mi movimiento hacia el carrito que en ese momento acababa de cargar, a modo de coartada. Al marchar aprecié su dolor con enorme regocijo, especialmente al mirarme sin mover la cabeza, levantando temeroso sus ojos desde la posición cabizbaja que adoptó tras el impacto. Incluso llevó una de sus patas hacia su hocico, por varias veces, ya quieto por fin, y suprimido por un momento al menos su innato afán de husmear. Me sorprendió la ausencia de queja audible.

Hace poco, cruzándome con un dueño de correa larga, un feo pit-bull avanzó hacia el extremo de un patín de hierro que portaba conmigo sosteniéndolo en la mano derecha, y como quien no quiere la cosa me anticipé a su aproximación corrigiendo el agarre del patinete de modo que, casi en maniobra imperceptible para el que no estuviera observando atento, el extremo se dirigió contra su hocico que en ademán confiado y propio de una desfachatez irreverente se disponía a darle uso para oler. El golpe le llevó hacia atrás como un resorte, dejando ostensiblemente húmeda la dura punta del patín.

Lo mejor en la categoría de segundos fue aquel cachorrito de pelo negro, tan despierto y curioso ante todo ese mundo alrededor que se abría desde hacía muy poco a sus ojos, mal llevado con correa por una joven dueña que ni lo miraba cuando avanzaba rápida entre la gente por la rambla del barrio hacia el mar. El animalito, ágil pero algo torpe por su tierna edad, mantenía el buen ritmo de la chica con cierto esfuerzo, pero manejándose presumido y contento. Yo subía hacia casa, en sentido contrario al de él. Casi sin mirar, como si no lo hubiera visto y sin girarme para apreciar el resultado en mi víctima, dirigí con fuerza mi pierna izquierda a casi ras del suelo. Parecía un paso, el correspondiente al andar enérgico que adopté metros antes, pero sin levantar el pie por doblar la rodilla como cuando se anda normal. Fue un puntapié en toda regla, impactando en las dos patas traseras del animal. Noté el rotundo contacto contra sus huesos, y aun sin verlo percibí la falta de apoyo de sus cuartos traseros, acompañado de un gemido de profundo dolor, y supongo que con desagradabilísima sorpresa. Ignoro si la mujer se dio cuenta de algo o sospechó mi premeditada intención. Quizás notó el impacto a través de la correa y miró al animal; después que éste gimiera lastimado. No la oí decir nada. Acaso al oír el agudo lamento de su tierna mascota giró su vista hacia los transeúntes tras focalizarla de primeras en el animal, bien me vio de espaldas como el que ni se ha dado cuenta de nada, bien siquiera identificó a nadie entre el gentío que en ese momento inundaba el paso. Una impagable lección para el cachorro en cuestión sobre los riesgos de pasear cerca de humanos. Los animales no olvidan esas cosas, les basta una sola oportunidad de tal índole para quedar adiestrados de por vida.

Recuerdo otro perro, muy peludo y de grandes orejas caídas, de esos que no sabes cómo pueden ver alguna cosa a través de tanto pelaje. Estaba en la misma calle que vivía el de la cola machacada, habitual ladrador cual poseso al oírte llegar, jamás a la espera y relajado a la puerta, particularmente desde el pisotón. El peludo orejas grandes, en cambio, se aburría dominando con vista y olfato el patio delantero donde lo dejaban durante horas sin contacto humano o de otra índole, y cualquier ruido le precipitaba en silencio hasta el muro, donde se elevaba apoyando sus patas delanteras y se amorraba en el espacio apenas de cinco centímetros existente entre el final de la pared y una valla completamente recubierta de seto artificial. Se le oía respirar y olisquear anhelante. Imagino cómo se acompañaba de un movimiento de ojos que intentaban traspasar el seto con auténtico deseo de tener compañía, o al menos verla. Le privaba una desorbitada curiosidad, acaso convirtiéndolo en un mamífero obsesivo-compulsivo irrefrenable. Justo al pasar a su lado vi en el suelo una hoja caída, como esas de las palmeras que tienen flores blancas en la copa. Estaba seca, con una peligrosa punta en su extremo. La cogí sin muy bien saber qué hacer pero imaginando inmediatamente qué utilidad querría darle. Regresé por la misma calle de donde venía, pero caminé por el otro lado de la acera, a fin de cruzar frente a la casa de peludo y pasar por el mismo lugar de su amorrar preferido. De nuevo repitió el perro su acostumbrada operativa inocente y entrometida al tiempo que la hoja seca y punzante sirvió de agresivo estilete hendido contra el espacio entre muro y seto. No veía al animal, pero desde luego sabía que su húmedo hocico estaba apretado en el hueco inspirando olores. Asesté sin mirar, manteniendo la vista al frente controlando el entorno directa y periféricamente, por lo que unos pocos centímetros de error habrían clavado el aire, pero el puñal vegetal acertó de lleno. Noté un obstáculo contundente y un inmediato aullido, agudo, profundo y prolongado. Debí clavarle de lleno la punta de la hoja, espero que no fuera en un ojo, porque eso podría haberlo herido grave y definitivamente, mientras que en la carne habría sido una aguja enorme penetrando al través y curando al cabo de muy pocos días. Deseaba esto último, pues la gratificación vino dada por el dolor, sobre todo recibido por sorpresa alevosa, jamás en afán de generar secuelas irreversibles. De todas formas nunca lo supe. Quizá evité que algún desalmado le hiciera verdadero daño; me repito que los animales no requieren una segunda oportunidad para aprender, les basta una sola para recordar durante toda su vida. Supongo que desde entonces volví a pasar por allí pero ya no sentí de nuevo a ese perro metomentodo sobre sus patas delanteras amorrado en el hueco.

Mi última víctima, durante ayer y hoy mismo, añadiría varias horas a mi vida inscrita en esa imaginaria lápida de tiempo.

39.

Sólo he pedido perdón a una persona, y una única vez en mi vida. Estaba en quinto curso de primaria y él tenía un apellido de ciudad. Con los animales, en cambio, lo he hecho en más de una ocasión. En aquélla olvidé por qué se enfadó conmigo, pero debí decirle algo malo, al nivel estúpido preadolescente de quien carece de maldad y si la tiene ni todavía lo sabe, y tampoco practicarla puede. Estuvimos un par de días sin hablarnos. Una mañana, colocándome a su lado, de costado, no sé qué llegué a decirle, quizás ni siquiera el "perdona", pero fue una disculpa, clara y terminante. Nada resultó igual desde entonces, aunque formalmente volvimos a ser amigos. O compañeros de clase que se hablan y comparten alguna cosa más allá de las propiamente académicas. En esa época, aun llevando años juntos, desde los cinco o seis, nos llamábamos por el apellido, puede que porque así se dirigían a nosotros los profesores, desde el pasar lista a primera hora, después del padrenuestro en pie, a cualquier otro menester. Me gustaba la compañía de ese chico porque hablábamos de ocultismo y nos contábamos historias de terror, relatos fantásticos que hacían pensar y temer. Fue él, creo que a través de su hermano, quien introdujo ese tipo de narrativas, y se nos unían tres o cuatro compañeros más.

Era apasionante sumergirse en la pretendida realidad de esas vivencias e imaginar un más allá vertido en la vida diaria. No había crueldad ni por asomo, y en los escenarios derivados tampoco. Cuando era niño carecía de toda inclinación hacia esa maldad, fuera de violencia explícita, fuese verbal o psicológica.

A mi amigo del apellido urbano lo vi algunos años después, cuando ya nos habríamos despedido en el mismo colegio, supongo. Le dije que su voz había cambiado, se había vuelto más grave. Considero que sería, simplemente, producto del haber crecido. No mantuvimos el contacto, sería por mi falta de iniciativa, aunque de él tampoco advertí ninguna. No llegamos a vernos en la casa de cada cual, por lo que ni él ni yo sabíamos dónde vivía el otro. Y tampoco habíamos intercambiado teléfonos, siquiera hablamos nunca sino cara a cara y en el mismo centro de enseñanza o a sus puertas.

La mayoría de los abandonos en mi vida han sido mutuos, de compañeros de la calle, de vecinos, del colegio. No sé si es normal o, por el contrario, los grupos que se forman en esos ámbitos prosiguen por siempre, o al menos más allá del tiempo y lugar en que se conforma tal relación social. Aunque yo formase parte directa de todo aquello, y aun cuando en el momento en que ocurría no me diera cuenta de lo que significaba, creo que fui acumulando abandonos, pérdidas, pedacitos de soledad. Me construyeron solitario, o ya lo era y por eso fragüé tantas despedidas definitivas consecutivas. Y por eso no tengo amigos de verdad, habiendo perdido todos aquellos imaginados como tenidos al margen del hábitat y conservados una vez se superaron los entornos en que se constituyeron.

Creo en la lealtad y no la encuentro en nadie, no de verdad, o de mi entendimiento de esa verdad. Debe ser la causa última de mi situación de no-amistad. Es más, no tanto se trata de la ausencia de una conducta leal sino de la tangible deslealtad, progresiva y permisiva. Pero la vanidad es extraordinaria cuando uno mismo se examina. En cualquier caso, la plasticidad sobre la naturaleza humana se antoja innegable. Entre lo bueno y lo peor del ser humano está la conducta que resulta en cada caso concreto, que puede ser maleable en muy alto grado. Es sabido que faltan recursos para resistir a la autoridad, que como tal suspende la moralidad más veces de lo que parece, y salvo para aquél que posee y en la práctica disfruta de un auténtico freno moral se abre una duplicidad en el interior humano. Al decir de Montaigne hacía dudar de lo que creemos y no nos deja alejarnos de aquello que condenamos.

Me retorcí sobre el sofá y encontré un punto de comodidad para mi espalda, manteniendo la mirada en el techo blanco. No hace mucho hablé por teléfono con mi madre y me contó que se encontró con la madre de

Dientes grandes, a quien durante un buen rato de charla no llegó a reconocer. Aquélla le explicó de qué manera su hija y yo jugábamos de pequeños, íbamos al cine, éramos amigos. ¿Realmente pensaba lo que decía?, ¿un recuerdo modificado o lo que daba por cierto desde un principio en función de falseadas informaciones de su hija? Una tergiversación más que obvia, a no dudarlo. Siempre he sabido de la buena impresión que causo en general, a poco que existe relación directa, o que obtengo por referencias de quienes han tenido ese tipo de relación. En la mayoría de las reuniones sociales y familiares, sino en todas, sin ser gracioso quizás acabe cayendo en gracia. No cuento chistes pero sí surgen de la nada ocurrencias que hacen reír o sonreír, y lo mejor de todo, capaces de generar un ambiente distendido, divertido, agradable. Y eso que, de principio, la impresión puede ser muy distinta, incluso agria y distante. Acaso debieran conservarla, bien pudiera ser mi esencia.

De todos modos, se plantea una contradicción. Aquello que es esencial, lo que es la cosa que sea, implica que no cambia, que su naturaleza es incólume, pero esto resulta imposible en función de la evolución. Todo es devenir, está en transformación, en cambio continuo, lento e imperceptible, pero imparable.

Mis cambios de humor han generado, ciertamente, alteraciones radicales del pequeño ecosistema social creado, mostrándome con ello de qué modo era yo y ninguno de los demás el motor de las buenas sensaciones, propiciando así la eliminación absoluta de ese bien estar. Un regocijo adicional en el que se incluía mi propio castigo.

También es cierto que mi percepción sobre cuestiones básicas, banales o específicamente fundamentales, puede resultar por completo equivocada. Daba por sentado, por ejemplo, que ir al cine por el boca a boca no lo era en función de la información suministrada de un espectador a otra persona, sino por el interés de una pareja en acudir a la oscura sala de proyección en la que poder besarse o algo más.

El Yin y el Yan, Darwin, adaptación, bla, bla, bla, todo ese apunte superficial introducido en la película de Michael Mann, donde el gris de la vestimenta del protagonista se mimetiza con el color urbano, también parece un sinsentido. Lo es en la palabrería del personaje que interpreta Tom Cruise, pero puede encontrársele una lógica con probabilidad muy apartada de esa historia: el equilibrio que busca la vida contra la muerte, porque cada acto por la vida es un triunfo contra el fin. El Yin y el Yan no son sólo símbolo del bien y del mal, sino equilibrio, necesario, entre lo uno y lo otro, más allá del simplista planteamiento dual de que una cosa no puede existir sin la otra, que no puede comprenderse la luz sin el concepto de oscuridad. En fin, el característico pensamiento dualista o binario del ser humano, de hecho propio del lenguaje informático; quizás seamos un experimento genético sobre un perfil de inteligencia artificial y por eso la tendencia a pensar como una máquina, con unos y con ceros, el blanco o el negro, el sí o el no, lo que es bueno y lo que es malo.

Se trata de una guerra contra la segunda ley de la termodinámica, la ley de la entropía según la cual en un sistema cerrado el orden tiende al desorden, al caos, a la disolución, lo que puede equipararse a la muerte. La vida busca inevitablemente el orden, el equilibrio, oponiéndose a la muerte en cada uno de sus actos de supervivencia, donde puede interpretarse el egoísmo connatural de quien evoluciona para evitar morir, para adaptarse al entorno y seguir viviendo. Es sin duda un punto fundamental del progreso humano. Como lo fue Copérnico eliminando al hombre del espacio central del Universo, Darwin lo suprimió del centro de la naturaleza, como un mamífero más evolucionado que otros al alcanzar un cierto nivel de raciocinio. Y Freud, más tarde, extirpó la conciencia como centro del ser humano vivo. Pero esos tres hitos radicales acaso muestran una especie de involución, donde cada vez somos más pequeños en importancia, en relación con todo lo demás en la fotografía de nuestro universo, aumentando el propio relativismo y, con ello, justificando un cambio de paradigma del todo, de principio en el mito, después en los Dioses o en el Dios cristiano omnipotente y omnisciente, luego en la evolución por sobrevivir, con la transformación de la esencia, constante y sin descanso, que claro está pugna con el creacionismo que pretende escapar a través del diseño inteligente y similares alternativas de conjunción. Más adelante vendrá el sociologismo, donde el contrato social o los convencionalismos lo rigen todo, pero es con el biologicismo darwiniano cuando el monismo reduccionista permite que la ley del más fuerte justifique las guerras y el racismo, ni qué decir tiene el machismo, sin importar la fuerza biológica del africano de piel oscura o de la mujer frente al hombre definido por un cromosoma Y que en realidad es una X mutilada. La ética del gen, la gen-ética, ha demostrado la ausencia de cualquier base biológica para el racista, pero sigue siéndolo en cualquier racismo. Además, los científicos parecen coincidir, también, en que el Universo carece de objetivo, no tiene un para qué, por lo que de nuevo la vida se mueve a contracorriente, y el ser humano en particular persigue un para qué realmente inexistente más allá del ímpetu personal derivado de la convención moral que para nada sirve al racista, al machista, al asesino, al violador, al hombre malo.

40.

Qué más da, es la excusa del sujeto cobarde, del miserable, y es un error pensar en la naturaleza bondadosa de la mujer o de las equivocadamente llamadas "razas" no blancas. Dicho de otro modo, una mujer con poder es buena porque es mujer, o una persona negra, o un hombre pobre, son buenos por la etnia a la que pertenecen o la riqueza de la que carecen. En absoluto. La esencia, aun en evolución, y que así suprime la definición clásica de sí misma, es en cuanto al ser humano, sometido al gen egoísta característico del biologismo siempre presente, para todos igual. Por mucho victimismo que quiera incorporarse a cada uno de los perfiles para auto-justificar lo que fuera. De ahí que en el fondo yo mismo me justifique contra cualquier mal que padezca el ser humano, aunque se dirija a una individualidad que no haya hecho nada malo. Pero el supuesto monismo no evita la dual perspectiva de mi pensamiento, donde el amor, el valor de la Humanidad y la felicidad mundana y linealmente eterna cobran fuerza interior, y motivación.

Quizás es en ese y no otro contexto en el que surge una enorme tristeza que proyecto hacia los demás, viendo el fin irremediable y desastroso de las especies y un renacer del planeta sin presencia humana. Ese humano que es un virus destructivo que todo lo envilece. Quien sea; como dicen los franceses, mejor un extraño que un conocido.

Recuerdo un niño de unos ocho años. Estaba con su padre, mirando películas para comprar. El padre le señalaba una u otra y él mostraba su interés con una frase o una sonrisa, pero al tiempo se refería a otro niño, con el que iba a quedar, y a los gustos de aquél. No sé si le gustará, decía. Me dio la sensación que buscaba complacerlo más allá de su propio deseo, para que a través de las películas le agradara. No era, ni mucho menos, desesperación, pero sí afán de estar bien por ser querido. Eso era lo que más le importaba del presumible encuentro entre ambos. El padre le dijo lo que le habría dicho yo, que buscase la película que le gustara a él, que probablemente así le parecería igualmente bien al otro, pero que al menos aseguraba su propia diversión. De algún modo transmitía su autonomía, su evitación de dependencia, e intuí que el otro, un amigo o un familiar, era una atracción para el niño, le quería caer bien, ser aceptado a toda costa, mientras que para con él no se disfrutaba una misma reciprocidad, el similar interés; por consiguiente, todos los anhelos del pequeño se dirigían hacia la nada, en pos de lo desagradecido e indiferente. Era triste. Para mí al menos. Aunque el escenario se articulaba en mi mente como una simple elucubración. Quizá fueran grandes amigos y solamente se trataba de una proyección de mi pesadumbre hacia cualquier persona y toda situación. El propio estado de ánimo suele ser básico para interpretar lo que nos rodea, tanto situacional como personal.

Dirigir las propias emociones constituye una llave magna para la cerradura del mundo interior que se despliega al exterior. La concatenación es irremediable, pero lo más importante estriba en la capacidad de control, y para ello debe mediar el conocimiento. Se ha de ser consciente no sólo de lo que uno siente sino de cómo el sentimiento afecta a todo lo demás que rodea al individuo, incluso de dónde proviene concretamente el sentir y cómo propiciar ese origen o eludirlo.

41.

Decidí salir de nuevo a la calle, pero todavía permanecí sobre el cómodo sofá fijando la mirada en mi techo en blanco. Deseaba que fuera mi espejo, el reflejo de una mente relajada, ayuna de toda preocupación que para ello exige estar liberada de cualquier información si no se sabe gestionar la que se tiene como agua resbalando sobre la piedra.

Mañana regresarían y dejaría de estar solo, tenía que aprovecharlo. Ya era un provecho la tranquilidad de mi soledad conectada al techo. Es cierto. Pensaba. Y pensé en los vecinos que tenían una perra adoptada, negra, pequeña y nerviosa, de largo hocico y orejas, ladrando siempre que tenía oportunidad, por miedo supongo, a la defensiva, muy inquieta, y molesta. Correteando en el rellano al coincidir en ocasiones, pero con la prudencia de no acercarse demasiado. Imaginaba que se introducía en el ascensor, presa de su nerviosismo, sola, por error, conmigo ya dentro, y, lo más importante, que sus dueños no se daban cuenta de lo que había pasado, pensando que su mascota estaba en la vivienda y no habiéndome visto nadie. Cerradas las puertas del ascensor, por sorpresa para el animal, vacilante y sin saber qué hacer, de súbito dejaría de ladrar y su cola se colocaría igual de rápido entre sus patas traseras, absolutamente plegadas, mostrando una ansiedad que llegaría en segundos al terror más irracional.

Lo condicional desapareció por la fuerza de mi imaginación. Estaba en el ascensor con la perra. Consciente de mi presencia silenciosa ni me mira, aunque sus cejas se levantan alternativamente, de un lado a otro, corriendo la vista a ras de suelo en busca de una salida imposible. Recogida, acobardada, en un extremo, en el rincón contrario a la puerta. Noto cómo comienzan a temblarle las cuatro extremidades hasta que un pequeño río de orín riega las traseras llegando a formar un pequeño charco. Su diminuta mente sólo siente el calor incomprensible del horror sobre algo desconocido en su contra, sea lo que sea. Quizás presienta a un depredador mortal. El regocijo es elixir, sobre todo al imaginar que la perra sabe que algo acecha. Y ahí está, como botín para mis sentidos insanos. A mi merced.

Mi corazón acabó por acelerarse sobremanera y puse fin a la ensoñación con alto grado de frustración; el malestar propio de saber que nunca se produciría una situación así, no al menos por casualidad. A continuación me incorporé, faltaban algunas horas para prepararme algo de comer, así que me calcé. Ya estaba vestido. Tomé las llaves y salí al rellano. A través de la puerta de mi vecino oí las patas huesudas de la perra aproximarse a la carrera a la puerta de la vivienda de sus amos. Su acostumbrado ladrido le siguió inmediatamente. No había nadie en el piso salvo la mascota. Bajé en el ascensor volviendo a imaginar su escape y retomando placenteras sensaciones, aunque solo por un momento. En la calle tomé camino hacia el mar, mirando hacia donde salía y no al revés, como sin embargo hace más gente de la que se cree, por ilógico que parezca actuar de ese modo.

Apenas transeúntes por las aceras, soleado el cielo sobre mi cuerpo pero sin apenas calor en el ambiente. La acumulación de coches en las calzadas y las puertas de los aparcamientos en los edificios que, a su vez, inferían subterráneos llenos de vehículos, me hacían recordar esas películas norteamericanas donde se aparca en la entrada de un jardín, con una casa a los cuatro vientos y enorme patio trasero, sótano amplio y varias plantas. No tanto esas gigantescas superficies residenciales, donde tienes larga entrada de cemento e igual posibilidad de estacionar en las anchas aceras que se prolongan a lo largo de veinte metros o más de fachada del terreno de cada cual, sino de viviendas unifamiliares en una localidad pequeña, en la que incluso pueda caminarse hasta el centro en cosa de pocos minutos. Llegar y dejar el coche sin más supondría un placer indescriptible en este minuto, aunque también me atrae un lugar para vivir que ofrezca la posibilidad de siquiera tener necesidad de conducir. En realidad odio hacerlo, bien probablemente porque me repugnan los conductores, la inmensa mayoría infractores indiferentes, muchos reflejo de la incompetencia más absoluta, sujetos imposibles de imaginar aprobando en un examen de tráfico, no pocos orgullosos de maniobras que siquiera saben incorrectas o no les importa en lo más mínimo. Impenitentes todos. Odio a los que hablan por teléfono mientras desaceleran sin apenas darse cuenta, aunque recuerdo ahora una mujer que condujo a ciento veinte kilómetros por hora con una sola mano al volante durante unos quince minutos de autopista, con cambios de carril y hablando como una cotorra sujetando el aparato con su derecha. Me sublevan los que exigen que les cedas el paso para incorporarse a una carretera o desvío, cuando son ellos quienes tienen marcada la señal que obliga a ceder; al que estaciona obstaculizando o se para y da por sentado que debas esperarte mientras saca bultos o parlotea una larga despedida con quienes se han bajado del vehículo. Y odio a quienes maniobran sin indicarlo con el debido intermitente, aunque quizás me repugnan todavía más aquellos sujetos que accionan el intermitente cuando ya está efectuada o efectuándose la maniobra que debían advertir de antemano y por consiguiente de nada sirve tal señal luminosa, salvo por interpretarla como una especie de burla. Los destrozaría a todos, pero con el coche de por medio en sus acciones u omisiones quizás me saciaría con la destrucción de la máquina, siniestro total. Imagino estar al volante de una destartalada camioneta enorme, con una viga de hierro por paragolpes delantero, y destrozar puertas, laterales y lo que fuera en el momento de su infracción.

Caminaba entre mis pensamientos y los muros de hormigón erguidos por todas partes, con cientos de ventanas y balcones, cerrados, abiertos, de cristal y madera, de metal y persianas plásticas, con o sin macetas de flores rojas, blancas y amarillas. Lenguas de pavimento y asfalto, toneladas de losas sobre cemento inundando la tierra abierta a pequeños cuadrados de vida para el crecer de los árboles que cubren el cielo urbano de las calles alzándose con verdes claros y oscuros. Barandillas de metal y papeleras de hierro pintadas de negro, bancos de piedra o de gruesos listones de madera, por lo general pintados y arañados, como las puertas de garaje y trozos de fachada garabateados por grafiteros dañinos e indiferentes a lo ajeno. Colillas por doquier, restos de caramelos y pequeños papeles arrugados riegan el suelo por todas partes, sin importar que al lado mismo se encuentren papeleras y contenedores de basura porque la gente no repara en ello al distribuir generosamente su porquería. Una agresión constante a todo y a todos que repercute en el propio agresor, que ni se da cuenta o no quiere hacerlo.

La superlativa ignorancia, deliberada en más ocasiones de las que pudiera imaginarse, reina pertrechada de entropía. El pretendido orden en las tiendas de comestibles y electrodomésticos que se extienden a un lado y otro, entre los portales de viviendas, muestra múltiples ilusiones de realización incierta, las de aquellos emprendedores que elaboran un plan de negocio, solicitan préstamos y abocan sus ahorros o los de otros, allegados y familiares, su tiempo y su vida, en la esperanza de ganar más dinero del que como asalariado podrían obtener si es que alguna vez consiguieron ser empleados dignos. En la inmensa mayoría de las ocasiones no es así, pues el tiempo dedicado y no cobrado por trabajar bien puede superar cualquier lógica de inversión. Convertidos en esclavos de sí mismos, o endeudados más y más, afrontan consciente o inconscientemente al empleado o empleados, si tienen, que a su vez se consideran explotados, con su horario cerrado y sin preocupaciones intrínsecas del negocio. Pero tampoco faltan las miserias del empleador, que araña unos euros pagando en negro una parte del sueldo de su asalariado, imponiendo horarios extraños o beneficios insuficientes, tratos personales exigentes o innecesarios. Cobrar salario sin declarar no deja de ser un inmediato beneficio para el empleado, quien más adelante podrá quejarse si sufre una sucesión de empresa en la que no pueda reclamar el cumplimiento de los pagos en negro pero que mientras los recibe suprime impuestos, y todo ese margen hurtado al erario público se convierte en neto para él, del mismo modo que reducir al máximo las contribuciones al servicio público de su propio futuro favorecen el momento actual, pues más se cobra, mientras que a la hora de jubilarse lo cotizado será mucho menos de lo que podría haber sido, y quejan entonces sobre las diferencias con otros jubilados que cobraron menos cada mes porque contribuyeron más para su porvenir. En la actualidad de quien ya no trabaja ni cotiza no le importa en lo más mínimo el pasado sino lo que presencian como injusta desigualdad frente a los que durante años y a diferencia de ellos cotizaron más, porque nada cobraron sin declararlo al fisco.

Lejos queda la teoría de los libros de texto sobre ética y moral, y cada vez más cerca el ansia de castigar, la venganza genérica como fuente de satisfacción, contra el que tira al suelo el celofán de la cajetilla de tabaco, el envoltorio del chicle, las pelas de las pipas que va consumiendo, el que no recoge el excremento de su perro o deja que orine en papeleras, farolas y fachadas, el que mezcla plásticos y vidrios, el que no paga impuestos, el que paga y cobra en sumergida economía, el profesional que no cobra IVA, el policía que hace la vista gorda, el que se pasa en rojo un semáforo porque no cruza nadie, el ciclista veloz que mira el tránsito y no las señales de tráfico que también debiera cumplir, o que no se detiene cuando circula por la acera ni con peatones a menos de un metro por todas partes, o que cruza circulando en su bici los pasos de peatones, el fumador porque fuma, el que mira fijamente a quien pasa a su lado, el que se queja, el que se siente desgraciado, el que camina contento, el que roba, el que insulta, el que mata, el que viola, el que respira y el que tose, el que mira y el que habla.

Todos necesitamos ver la procedencia del castigo en el otro, y mucho más conseguirlo efectivamente. Y todos debemos ser castigados. Por lo que hacemos y por lo que no hacemos, por lo que tendríamos que haber hecho y hasta por lo que pensamos.

42.

Estaba llegando a la línea del litoral marítimo. Los huecos aéreos se espaciaban y parecía que el aire también, pero no olía diferente. La polución era la misma, propia de una atmósfera oprimida que en la noche ciega la visión de las estrellas en el firmamento. Crucé despacio la carretera de cuatro carriles que circunda la ciudad caminando sobre la superficie construida encima, con césped a ambos lados, árboles y estructuras tubulares para juegos, con columpios y toboganes vacíos. Ya veía el contorno azul, luego la arena que como un testigo silencioso durante años, decenios o siglos, en realidad acallada desde su creación, recibía sin remedio las olas incesantes, que hablaban entre sí al romperse una y otra vez en ciclo infinito, ante esa muda y sufrida playa impasible, resignada ante el agua que la mojaba sin tregua, el salitre que se desprendía del líquido marino, el sol y el viento, también la lluvia. Llegué a pisarla como millones de personas antes que yo, andando con tiento y sentándome con cuidado a varios metros de la orilla. Nadie había en la playa, algunos individuos caminaban por el paseo adyacente, dos o tres corriendo vestidos con ropa deportiva, nadie en el mar, ni una embarcación en la superficie, ni una persona en los espigones artificiales de rocas ausentes, allí depositadas con grúas para no volver a moverse jamás. Al fondo el horizonte claro.

Me di cuenta de cómo una mujer joven, atractiva, de pronunciadas curvas siluetadas por una falda blanca hasta medio muslo y una blusa holgada de rosa chicle, extendía su mano derecha y apretaba el aire, dándose cuenta que su amigo o pareja se había detenido pocos metros atrás. Recordé cómo una vez, mirando libros en una tienda, noté una mano en la nalga izquierda, una suave caricia desde abajo hasta arriba, y al girarme lentamente, exterior conducta propia que me extrañó de verdad, pues en el fondo estaba sobresaltado, fue coincidir en la mirada de una mujer joven, atractiva, que alzaba la vista hacia mí con toda naturalidad y afecto, para inmediatamente sonrojarse alrededor de sus grandes y cálidos ojos y balbucear una disculpa casi inaudible. Se había confundido de persona mientras miraba libros como yo. Su amigo o pareja se encontraba a varios metros de distancia. Ignoro si se lo explicaría o no. Se reunió con él y se perdieron de vista. Desde mi punto de vista me supo a muy poco, yéndose así, sin más. Creo que yo respondí algo así como "no importa" y ahí acabó todo, salvo por una sensación de auténtico placer, sexual, aun puntual y momentánea. Ahora mismo pienso en qué hubiera ocurrido de ser yo el que, por error, le tocara el culo a una mujer mirando libros en una tienda. Dudo muy mucho que se hubiera resuelto como se resolvió mi ejemplo, incluso hubiera sido posible la denuncia por abuso sexual y acabar sentado en el banquillo de los acusados ante peticiones de prisión y una indemnización por daños morales de varios miles de euros. El machismo no sólo es perjudicial a la mujer, parece ser, lo que al cabo desdibuja conceptualmente su pretensión crítica de nacimiento. O no. Imagino ahora la mirada crítica de cualquiera, prejuzgando mi acción si hubiera sido yo el que tocase de ese modo y deseando arruinarme la vida por ello.

Una vez, en el metro, por el movimiento de los más que a menudo negligentes conductores en cuyas manos nos coloca el sistema de transportes metropolitano, cayó en mi regazo, tal cual, una joven lozana de carnes prietas. Noté su trasero con detalle, y al levantarse rápidamente, no sé si excusándose o simplemente avergonzada, señalé con un escueto y resuelto "es un placer", mientras el vagón seguía dando bandazos. Los empleados de metro en general se desconectan del pasaje, como los de las taquillas, que ahora apenas venden billetes por el generalizado uso de tarjetas que además se compran en máquinas automatizadas. Y creo que tienen un plus por trabajar bajo tierra, y un convenio que les permite la jubilación al cien por cien cuando cumplen los sesenta años, más de doce años antes de lo que me tocará a mí. Pero los conductores son los peores. Comenzando por incumplir las propias normas que rigen en su servicio, accionando la señal acústica que prohíbe entrar y salir de los vagones cuando apenas abrieron las puertas y todavía hay gente saliendo del interior, parece que transporten ganado o mercancías, ajenos a las personas individuales que así se transforman en meros bultos y de las que son responsables, indiferencia que también muestran cuando entablan conversación con otros compañeros de trabajo que entran y salen de la cabina de mandos para no transportarse con la mercancía. Son de otro nivel. Ni qué decir tiene cuando hablan alegremente con empleados del mismo metro que se encuentran en el andén. Quizá se trate de segundos, diez o veinte, pero se hacen eternos cuando hay prisa y ves las puertas abiertas de los vagones, y cientos de pasajeros callados y resignados, como siempre. Si no es así, y salvo el rojo semafórico que los puede tener paralizados en una estación, su vida es abrir y cerrar puertas lo más rápido que puedan y avanzar con arranques y frenadas a topetones. En fin, todo lo que sirva para equiparar el metro con un vagón de la bruja de lo más tirado en una atracción feriante del pueblo. Entraría en la cabina y castigaría al conductor por tal indiferencia. Y que supiera por qué.

Ahora me acuerdo de un viaje corto en ferrocarril, a la ida había alucinado con un tío sentado frente a mí, de mediana edad, que se hurgaba con fruición inusitada las narices. Delante de todos, una y otra fosa nasal era perforada hasta el fondo. Parecía ajeno al público, e introducía con fuerza su dedo índice, a un lado y al otro, no me lo podía creer. Para acabar se miró el dedo, por suerte no había restos mocosos de ningún tipo, pero hubiera faltado que se lo metiera en la boca. Tuve unas ganas enormes de llamarle cerdo y ordenarle que reservase a la intimidad sus aficiones. A la vuelta leía y alcé la vista de modo imprevisto para encontrar la mirada fija en mí de una chica joven. De inmediato se puso muy colorada, y para aligerarle el desasosiego le pregunté si me estaba mirando la corbata. Me dijo que sí, y entonces le pregunté si le gustaba, respondiéndome entonces que no. En ese punto podría haberle dicho que a mí tampoco, incluso sacármela, la corbata. Puede que la conversación hubiera seguido con mejores resultados, podíamos habernos conocido, quien sabe, no era fea. Pero no hice tal cosa, sino que le expliqué no sé qué rollos de las miradas fijas, lo peligrosas que son en la cárcel, por ejemplo, enlazándolo rápidamente con el comportamiento animal, los estudios en gorilas y otras lindezas de conversación. Mi propio tono cambió como para decirle que haberme mirado fijamente estuve mal. En realidad me sentó mal que después de pillarla mirándome no fuese más abierta o simpática, por eso desaproveché un inicio espontáneo que podría haberme conectado con ella. Su rojez ya había desaparecido, igual que su falta o dificultad de compostura inicial. Asintió tras preguntarme retóricamente si todo eso era cierto, lo que de hecho generó mi ampliación informativa hasta los gorilas. Y ahí acabó la conversación por mi parte, sin fomentar réplica en ella, regresando mi vista a la lectura y sin recordar ahora si me despedí de algún modo cuando llegamos a destino. Creo que no.

Me pregunto cuál es la distancia entre la enfermedad, vinculada a la desmoralización como incapacidad o mejor inexistencia del cerebro moral, y la maldad, como voluntad de hacer lo inmoral, como la regla convencional incumplida, una vez edificada con solidez sobre una ética de la vida. En la segunda se encuentra la responsabilidad, no sólo criminal; en la primera no cabe el castigo social, pues no se trataría, sencillamente, de un acto humano voluntario. En este sentido es conocido el caso de Phineas Cage, que tras un accidente llamado a matarlo sobrevivió tras perder buena parte del cerebro por la perforación de una barra de hierro atravesada en el cráneo, cambiando su forma de ser para siempre durante los treinta y cinco años que aproximadamente siguió viviendo. Muchos científicos se apoyan en ese ejemplo para desarrollar sus tesis o introducirlas. Me acuerdo del libro del portugués Antonio R. Damasio, quien discurrió que Descartes erró en la máxima del "pienso, luego existo", pues primero es el cuerpo, en particular el cerebro, sin el cual no puede pensarse. A partir de ahí desarrolla la hipótesis del marcador somático y cómo el cuerpo y la mente son uno, sin que puedan escindirse en el actuar del ser humano.

Pero, ¿y si todo fuera materialismo eliminatorio? Como si los deseos y las emociones se identificaran con la psicología popular más allá de la existencia, del ser, donde el cuerpo y la naturaleza vencieran a la regla de Ricoeur, y el pensamiento surgiera del cerebro como la bilis lo hace de la vesícula biliar. ¿Estoy buscando justificaciones? No soy Phineas y mi cerebro no ha sufrido trauma ninguno, soy el hombre neuronal por excelencia. O quizás no lo sé y tengo una parte de mis enlaces neuronales degradada o lo que sea. ¿Cómo iba a saberlo? Tengo empatía, creo, y todo aquello que se supone forma parte de lo que permite la vivencia moral es patente en mi autoconciencia, por lo que yo estaría en los márgenes del sujeto responsable, no en el mundo del enfermo. Además, otra característica propia es el control de la violencia que arde en mi interior, y los frenos inhibitorios funcionan a la perfección. De no ser así estaría cargándome a conductores de metro, dos por día como mínimo, a la ida y a la vuelta del trabajo. Acaso decidiría no frenarme, decidiría, voluntaria y claramente, desatar la violencia que siento crecer dentro de mí ante el pensamiento de determinados escenarios relacionales. Los soportes neurales de la razón funcionan correctamente, pues, y creo que podrán dirigirse a la muerte del otro, aunque hasta ahora se hayan limitado a pequeñas mascotas indefensas.

Pero es que en la indefensión del contrario y mi control absoluto sobre él reside mi anhelo más íntimo, no en la muerte. O acaso no alcanzo la percepción del Tánatos en el otro, como sublimación de la deseada indefensión de la otredad. En el paradigma psicodinámico freudiano la pulsión de muerte se refleja en la agresividad hacia los demás o hacia uno mismo, la destrucción, sin olvidar que la libido enlaza con lo anterior en tanto la pulsión de vida o el eros conforma el núcleo de la energía vital y de la vida psíquica en general. Ambas pulsiones aparecen contrapuestas en la teoría pero devienen intrínsecamente vinculadas, aunque el principio del placer guía al eros y el principio de disolución típico del Nirvana es el horizonte del Tánatos, el dios gemelo de Hipnos, deidad del sueño, consiguiendo placer no en resolver conflictos sino en encontrar lo placentero con volver a la nada, reducir y eliminar la excitación. La unión y la desunión que sin embargo interactúan como los polos opuestos. Ambas necesarias, y para la supervivencia. Es la pulsión de muerte, por ejemplo, que permite no identificarse psíquicamente con los objetos manteniendo la individualidad, por mucho que también conecte en modo irremediable con la culpabilidad, mientras que su reflejo de reposo y regreso a una situación basal no deja de ser lo que ocurre cuando mediante la pulsión de vida se llega al orgasmo, el clímax de la descarga por satisfacción sexual y erótica. De hecho, J. Lacan estudió de qué modo la venganza o el sadismo, el sufrimiento en general, de uno mismo o de otro, pueden traer la satisfacción pese al displacer que en principio alumbran, de ahí que la pulsión de la muerte se anude al goce, a ese principio del placer rector de la pulsión de vida.

43.

Tengo un sueño recurrente. Estoy en una escuela, ya para mayores, adultos jóvenes, a modo de una última etapa de formación para encontrar un buen trabajo. Los exámenes finales se aproximan y hay multitud de materias que no he repasado, de las que parándome a pensar no sé absolutamente nada. Creo que podré estudiar lo suficiente en la mayoría de los casos, cuando llegue el momento, pocos días antes, pero en un par de asignaturas, precisamente las que voy repasando según mi memoria en ese sueño, apenas recuerdo nada, y ello genera una cada vez más fuerte angustia ante el fracaso inminente. Me sobrepasa el miedo, total, cuando advierto que mi recuerdo de los repasos es casi nulo. Sufro pequeñas variaciones de ese sueño, pero siempre giran en torno al vuelo de la seguridad, la inquietud abrumadora de un porvenir donde todo el esfuerzo para llegar a un determinado punto existencial se hunde sin remedio. No sé nada, y ya no hay tiempo para corregir la no sé qué falta de previsión habida. Cuando era pequeño, en puntuales ocasiones soñaba con llegar tarde al inicio de las clases. En realidad se trataba de llegar a tiempo al patio del colegio, que abría sus puertas de metal enrejado poco antes de las nueve de la mañana, para casi siempre a la hora en punto cerrarlas sin remedio, convirtiéndose en un recinto nada envidiable a una prisión inexpugnable. En mi desespero corría escaleras abajo, pero me daba cuenta que faltaba el calzado en mis pies, o alguna prenda de ropa, o sobre todo libros y útiles de estudio, que así recogía apresuradamente, regresando para hacerlo. El tiempo avanzaba, y yo no paraba de recoger y recoger cosas y más cosas para que vinieran conmigo, regresando nuevamente. Cada vez era más angustiante poder llegar y cada vez iba a llegar todavía más tarde porque no paraba de completar lo necesario para mi corto viaje. Al final solía despertarme, muy nervioso, pero se me pasaba enseguida. Tuve este sueño cuando niño y también cuando era adolescente, creo, pero sobre todo ahora.

Despierto dándome cuenta que ya no he de estudiar más. Me cuesta un poco, no es inmediato, pero voy tranquilizándome al pensar que ya superé todas las pruebas. Acabó por completo el someterse a más exámenes y controles. La sensación no resulta menos perturbadora por eso, la inquietud permanece durante bastante tiempo y es muy negativa. No es una expectación deseada, por supuesto, sino del no saber qué poder hacer. De un hito sin vuelta atrás. La satisfacción de darme cuenta de la realidad únicamente se vive un instante, pero no apacigua la desazón de ese otro sentimiento negativo que se transforma, aun por breve tiempo, en algo físico, en una emoción punzante, que penetra sin piedad y desequilibra.

Percibo la angustia cuando con unos diez años de edad estaba sentado ante una mesa en el bar de la acera de casa. Siendo del barrio parece que podíamos sentarnos sin más, sin tomar nada. Me acompañaban alrededor de la misma mesa varios amigos de la portería de al lado, pero también un chico algo mayor, que tenía dos hermanos, uno más pequeño que yo con quien tampoco tenía demasiada relación aunque a veces se unía al grupo para jugar. Ese mayor era un abusón, y quiso que me fuera, no sé por qué. Me lo dijo y yo no acepté, sin contestarle. Lo aparté de mi vista pasándolo por alto, y entonces empezó a escupir hacia mí. No parecía que quisiera darme sino asustarme, y sus salivajos impactaron por dos veces cerca, en el respaldo de una silla desocupada a mi derecha. No sé qué hubiera pasado si me hubiera escupido, pero no me moví, no podía irme reconociendo así mi cobardía. Tenía miedo pero debía quedarme allí para no parecer un cobarde. De hecho, al no irme creo que demostré que no lo era, pues miedo tenía. Ignoro quién me llamó, a más de treinta metros, cerca del portal de mi casa, quizá mi madre o mi padre. E imaginé que vieron la escena y por eso me quisieron sacar de allí. O alguna situación extraña intuyeron. Naturalmente aproveché para irme, como buen hijo obediente. Si hubiera sido mi hermano las cosas se habrían puesto muy feas para el abusón escupidor, pero él no estaba para defenderme. Era feo, desaliñado y algo gordo, lo odié a muerte durante muchísimo tiempo.

En ese mismo lugar, algo más cerca de la fachada, recuerdo que siendo un poco más mayor me enfrenté a un compañero de colegio que allí vivía, hermano gemelo con la misma edad que yo, él moreno y su hermano rubio, quien por cierto murió a los veintitantos no sé de qué. Puede que por un tumor en la frente. Desde niño mostraba en el entrecejo una pronunciada protuberancia, pero allí se mantuvo siempre. Tampoco me acuerdo del motivo de la discusión, pero sí de mi determinación, frente a frente, tras recibir un impacto en el cuello o en el hombro de su mano abierta. Me quedé allí, ofensivo, y eso que ante él me consideraba físicamente inferior. En esta ocasión no se trató de hacerme el valiente sin serlo, porque no había público ninguno, al menos que me interesase. Ni de demostrárselo a él o a mi fuero interno. Era consciente, o así lo creía entonces, que en un cuerpo a cuerpo sería vencido, pero me mantuve porque sí hasta que una chica, mayor que nosotros, se acercó azorada y algo indignada por vernos enfrentados. Quizá nos conociera del barrio, de vista, o de esa misma calle, o le conociera a él. Se enfadó un poco con nosotros por lo que hacíamos, nos regañó incluso. Y por supuesto nos separó. Cada uno se fue por su lado y ahora no sé si duró mucho nuestro enfado. Hubo distanciamiento, nos volvimos a hablar alguna vez más, pero tampoco habíamos sido grandes compañeros de juegos pese a la proximidad de nuestros hogares y asistir juntos a la catequesis previa a la primera comunión. No me sentí particularmente mal conmigo mismo, a diferencia de lo que sí sufrí con aquél que escupía con su pelo negro, lacio y de aspecto grasiento, entrado en kilos de maldad gratuita, generando sentimientos de aversión y venganza que espero fructificaran contra él desde cualquier ángulo de la previsible vida que le esperó. Era un chico muy poco atractivo que seguía igual o peor cuando años después mantuvo su quehacer en ese barrio de las afueras, ya habiéndome marchado yo de tal marginado lugar en ese entonces, y que en la actualidad se encuentra en peor situación.

El dueño del bar inmediatamente contiguo a la portería de casa, el que tenía entrada por mi propio portal, acabó vendiéndolo a ese de las sillas vacías donde el tipo imbécil me quería echar con su saliva, y el hijo del dueño de ese primer bar luego vendido, algo mayor que yo, creo que se enfrentó conmigo una vez, con motivo de una pelota de plástico con la que yo jugaba delante de la fachada, bajo el balcón de casa. La verdad es que no sé muy bien qué pudo ocurrir. No llegamos a las manos pero sí recuerdo bien que se burlaba de mí y que en una ocasión, estando distraído en la acera, su padre tocó el claxon teniendo el coche aparcado con su hijo junto a él, sentado en el asiento del copiloto. Al parecer ya se iban tras haber cerrado su local. Yo debí dar un salto o sobresaltarme ostensiblemente, mirando hacia el origen del ruido, viendo cómo ambos reían ante mi reacción. Se reían de mí, en cualquier caso. Me sentí humillado por nada y los odié a los dos, aunque con su padre no había tenido ningún tipo de conflicto; es más, en varias ocasiones me devolvió la pelota cuando se colaba en el techo de su bar. Nunca pude vengarme, ni del hijo ni de la risa de ese padre que debió recibir historias de aquél sobre mí. Lo deseé castigar un breve tiempo, posiblemente con levedad.

No olvido jamás, pero mis ansias de venganza no suelen prolongarse mucho tiempo. Por suerte esos del bar se fueron de allí y no los volví a ver nunca más. Delante de su establecimiento había una estructura de barras tubulares instalada para colocar toldos que, cuando los recogían, servía para colgarnos como monos, agarrando las piezas horizontales, a poco más de dos metros del suelo, intentando trepar o hacer el pino.

44.

El techo celeste se había nublado, solo un poco. Envuelto en esos pensamientos fui sintiéndome como el cielo sin sol ni nubes blancas, desgraciado al modo de un gris plomizo, ultrajado injustamente por ser injusto lo sufrido, sin sentido ni razón, y por ser injusto que ninguno de todos esos protagonistas de mis desgracias, aun puntuales, donde no incluyo al hermano gemelo de cabellos oscuros, llegara a ser castigado por lo que me hizo. Anduve de regreso a casa con paso muy lento y pensamiento efervescente.

Recordé el efecto milagroso de la postura para enfrentar las emociones negativas, para empezar un andar erguido, cabeza alta, mirada al frente. Quizás los militares conocen bien este tipo de cosas y por eso es así cómo desfilan.

Se trata del llamado pensamiento corporal. Del inglés literal sería cognición encarnada, que se explica a partir de la relación entre la posición de nuestro cuerpo y la forma de interpretar y sentir emociones. Suprimiendo el asco como emoción, o mejor incluyéndolo en la rabia, son cuatro con ésta, junto con la alegría, la tristeza y el miedo. Lo alegre se vincula al movimiento hacia arriba, mientras que la dirección del movimiento contrario no es subidón sino que va de bajón, es lo triste, estar hundido. El movimiento hacia atrás y el movimiento hacia adelante muestran la postura del temor y del agresivo, que no violento sino del ir hacia el frente, no en vano proviene del término latino original. Los autores especializados en esta materia señalan que erguido podrás elegir ideas positivas mientras que encorvado será lo contrario: te vendrán con facilidad las ideas negativas. Cosas así.

Pero a menudo me ocurre que en un segundo plano me encuentro a gusto, busco y mantengo ánimos lúgubres para pensar y sentir en un contexto aciago, y ese era el caso en tal momento.

Miré alrededor y observé a la gente. Pensé que todo el mundo ocultaba malas acciones. De un tipo o de otro había hecho algo malo y había salido impune. De ese modo concluí en que cualquiera merecería un castigo si pudiera dárselo, aunque ignoraba qué nivel de criminalidad atribuirle. Desde infringir normas de tráfico de ínfima importancia o tirar envoltorios de caramelos al suelo hasta abusar de un menor o matar a alguien se extiende y ramifica un mundo enorme de castigos y penas.

Hace apenas cinco días, mientras levantaba pesas sobre un banco inclinado durante mi rutina deportiva, al tiempo que escuchaba una conferencia poco interesante sobre economía, llamada del bien común, a cargo de un tal Christian Felber, pensé en mi muerte y en que nada existe después de que uno muera. Por supuesto no para él, pero tampoco en derredor desde su propia perspectiva, ya inexistente. Un profundo pesar se centró en mi estómago al concebir que ninguno de mis familiares más queridos, fallecido o por fallecer, podría ser algo después, y que yo, al morir, no sólo perdería la vida, sino toda conciencia de lo existente, de la realidad, de la memoria, de lo vivido. No había futuro, y el presente se representaba extremadamente corto. Aunque fuesen cien años, al saber que después no existe nada se muestra una finitud incompatible con la conciencia de mi propia realidad, con el pensamiento de mi yo. Existo, soy una entidad, me significo y me interpreto como una identidad singular, propia, no puedo desligarme de mí mismo, de que todo el mundo y la vida tiene sentido conmigo en ella, y que sin mí nada vale. Porque aunque se mantenga la viabilidad del planeta Tierra y la Humanidad más allá de los cinco mil millones de años que han calculado faltan para la extinción del sol, una pequeña estrella en este universo que calienta y propicia vida, tanto yo como todos los míos no habrían dejado rastro alguno, por lo que sin la eternidad divina a disposición, esfumarse por completo es perder más que todo. No siempre alcanzo en mi mente el contenido auténtico de la inexistencia, pero cuando lo hago es aterrador; me sobreviene una angustia radical que, por suerte, dura poco, supongo que en función de los mecanismos de defensa y mis años de perfeccionamiento en las técnicas cognoscitivas de control de los miedos irracionales. Ciertamente ese contacto con la esencia de la idea de lo inexistente suele ser efímero. Sin embargo el otro día duró lo suficiente, acaso un par de minutos, pero ya fue más que bastante. Quizás por tal motivo pude arrellanarme en el desamor que generaba, y por vez primera en mi vida el temor dígase conceptual, ya incluso acomodado, se convirtió en un miedo cada vez más intenso, luego en pánico, un pavor inconmensurable que trascendió la pena por mí mismo, mi autocompasión, y la que merecían quienes había querido, ya en esa posición de abandono, resultándoles absolutamente inservibles mis propios recuerdos de sus vidas. No existían. Todo confluyó en una verdadera e insoportable desesperación. Y lloré con amargura, lloré como nunca había llorado. Fue una experiencia muy corta duración acaso explicable por resultar en exceso intensa. Mi mente abandonó involuntariamente ese callejón sin salida. De soslayo aparecieron ímpetus de fe, la tentación de volcarme en alguna religión que me acogiera, que me explicara, que respondiera con suficiencia, pero no pasó mucho tiempo para que ese tipo de ideas fueran desvaneciéndose, y eso que ansiaba de veras poder creer.

A veces me pregunto sobre el antes, porque solo desde nacer se existe, y aun tras hacerlo se tardan años en tomar consciencia de esa existencia. La cuestión es que la inexistencia en cada uno de nosotros fue incontestable sin nosotros, podría decirse que desde la eternidad, o el principio de los tiempos, cuando menos sin consciencia singular de nada. Ese espacio de tiempo, infinito en términos humanos, no contó conmigo porque no estaba, simplemente no existía. Pero sobre lo pasado no suelen generarse sensaciones negativas, eso únicamente ocurre respecto de un futuro sin mí.

El recuerdo de mis patéticos lloros de hace unos días no me había conectado con el temor existencial ni de lejos, pero asomándose a él había ahondado en mi pesadumbre. Al frente cruzó una mujer de mediana edad, me fui hacia la derecha para no tropezar con ella al pasar a su lado, pero advertí su mirada y la aceleración de su paso. ¿Era posible que la misma, cual conductor por defecto primario anormal, no resistiera ir delante de mí? Efectivamente, con un esfuerzo y su mirada de reojo se aproximó a mi posición, un par de metros por delante. Entonces varié mi dirección, retomando ritmo y ubicación, momento en que, naturalmente, la mujer perdió interés en su destino y siguió caminando en diagonal, al punto de casi chocar, como había previsto, de no ser porque súbitamente aceleré y la avancé cuatro pasos para colocarme un metro por delante de ella, a su derecha, lo que imaginé le repateó. Desde un espectador inocente se habría presenciado un escenario nada cómico sino ridículo.

Hace muchos años, cuando trabajaba fuera de Barcelona, al subir con prisas unas escaleras de la estación del tren, intenté superar a una mujer que ascendía lentamente casi centrada por ellas. Al percibir mi avance, a la carrera en realidad, se movió ostensiblemente a su derecha al punto de proyectarme contra la pared, no sin señalar al mismo tiempo, y con cierto punto de indignación, que "se adelanta por la izquierda". Respondí algo relacionado con el hecho de que no estábamos en ninguna carretera al volante de vehículo alguno, pero la sorpresa de su envite diluyó cualquier agresividad en su contra, y en esta última ocasión me fue de todo punto indiferente la estúpida conducta de la transeúnte impaciente o como pueda describírsela. Me resultó mucho más relevante, por irritante e inadmisible de veras, la joven que pidiendo paso en el vagón del metro se adentró con una enorme maleta y un patín eléctrico hasta el espacio reservado para los carritos de bebé, por su determinación en el avance echó de allí a las dos personas que en pie pero recostadas sobre una base lateral ondulada se ocupaban en leer un libro y consultar el teléfono móvil. Ahí se aposentó cómodamente ella, quien un par de paradas más adelante observó como si nada a una mujer con velo, de unos cuarenta años como mínimo, que tras acceder a la plataforma entre un remolino de gente, mostraba claras dificultades para mantenerse inmóvil con un carrito de bebé con usuario en su interior. Siempre pienso que, en ese tipo de casos, la mujer del velo formó parte del tipo de personas que debieran exigir de los demás el cumplimiento de las normas que les favorecen, como cuando los ancianos callan ante cuatro jóvenes que miran al suelo -o normalmente a los dispositivos móviles que les abducen sin remedio- con sus cuatro culos pegados en los asientos reservados para aquellos y otros preferentes. Como si nada fuera con ellos. Poniéndome en pie para salir del vagón la miré fijamente, y por dos veces a la etiqueta que a su izquierda marcaba el espacio como reservado, precisamente, para carritos de bebé, no para quien de hecho siquiera podía introducir en el metro maletas de gran tamaño, al menos no en esa franja horaria. Mantuvo la mirada y, claro está, no quiso darse por aludida. Si hubiera podido la habría golpeado con saña y hubiera sentido un enorme placer. De hecho podía haberlo hecho, pero me habrían cogido. Habría hecho justicia y venganza al mismo tiempo. Las mías, naturalmente, y la primera con la desproporción que nunca existe con la segunda. Supongo que fui más listo que cobarde. Quizá podría haberla seguido sin llamar la atención y encontrar un espacio y tiempo propicios para destrozarla a gusto.

45.

Ya veía el portal de mi casa, a menos de cien metros, y que estaba a punto de entrar una vecina. Era la del último piso, casada con uno de los mayores impresentables que recuerdo en una comunidad de propietarios.

El tipo, de baja talla, estaba gordo. No mucho, lo justo para mostrarse físicamente desagradable, en particular porque la ropa no le quedaba bien, como a presión por ser de cuando estaba delgado. A menudo dejaba de afeitarse por varios días, aun recortándose la barba entrecana, como si eso fuera ir a la moda, pero quedaba horrible bajo sus sonrojadas mejillas gordinflonas. Su constitución física le hacía parecer repleto, hinchado en cierto grado, pero cuando se ponía mallas cortas y camiseta de licra para salir a correr respondía a la imagen de un apretado bote de pasta dentífrica. La mujer era ostensiblemente más alta que él, lo que permitía distribuir su no insignificante peso sin parecer obesa. Cargaba bastante maquillaje y probablemente acudía en modo asiduo a la peluquería, y a la pedicura y manicura. Estaban metidos en diversos negocios, más ruinosos que exitosos, con un vehículo de alta gama en leasing y muchas deudas tras comprar el piso de segunda mano donde ahora vivían. La impresión que ofrecían era de triunfo y superioridad, pero resultaba constante el intento de obtener beneficios a costa de la comunidad, aun por nimiedades de unos pocos euros, como la reparación de un dispositivo de su propio canal por cable. Con toda la desfachatez defendía el dentífrico andante que sería más caro si se estropeaba más, como si entonces surgiera el deber comunitario de abonarle lo que solo a él beneficiaba. Ahí es donde reside el germen de mi desdén hacia ellos. Ocurre sin embargo que con el paso del tiempo se diluye mi animadversión, por lo que cualquier plan de venganza elaborado en el momento de mayor pulsión en contra de quienes me irritan desaparece sin casi dejar rastro. Es lo cierto que algunos permanecen en mi rencor, muy pocos y excepcionalmente de un modo sólido e imperturbable, pero ese no era el caso. A pesar de todo, al ver que la vecina pasaba de largo delante del portal, y a unos cinco metros giraba a su derecha, por la entrada que desde la calle conecta con el aparcamiento subterráneo de la finca, resurgió mi siempre latente indignación. Ni ella ni su marido tenían plaza en ese sótano, pues la asociada al piso que compraron estaba ubicada en una estancia separada, a pie de calle. Me pregunté en clave de exigencia qué estaría haciendo o qué pretendía. La llave de la puerta del portal también abría la puerta del acceso peatonal al aparcamiento, por lo que la mujer penetró impune, y yo aceleré el paso guiado por malsana curiosidad. ¿Y qué pasó?

Los lapsos de memoria son cómo pérdidas de la propia vida, una especie de amputación indolora de la existencia. Pueden existir consecuencias buenas o malas ante los pedazos que tendrían que estar ordenados en tu mente, pero faltan aunque se busquen con ahínco, y las consecuencias sobrevienen igualmente, con mayor relevancia si cabe, cuando el pedazo aparece, sobre todo si lo hace sin previsión ninguna, de súbito. Debe tratarse de pequeños detalles o piezas clave en el territorio de la razón. En este último caso la sorpresa es vital, como una gran patada en lo más profundo. Sin compasión.

Estaba frente al espejo del baño principal, con la mirada fija en mí mismo y sudando con profusión. La respiración acelerada se acompañaba de un potente latido cardíaco que infería haber corrido y quedar sin resuello. ¿Desde dónde?

Si pudiera alterar mi recuerdo del pasado, desde el siempre perpetuo presente en el que debemos vivir, ¿controlaría el futuro?

A veces afloran anécdotas vividas, disfrutadas o sufridas cuando era muy pequeño, que ya había olvidado por completo. Surgen suaves pero imparables. Es un tipo de ligereza muy característico, idéntico al que, en sentido inverso, cuando llega la noche, se desliza en mi pensamiento: una idea que percibo apenas y noto cómo se desvanece sin remedio, perdiendo el hilo por mucho esfuerzo que ponga en evitarlo. Esto ocurre cuando el sueño se apodera de la vigilia y el sopor se adueña de todo. Un instante de pocos segundos durante el que circularmente persigo retener una noción que se presenta como importante, interesante al menos, útil o no, un dato que no soy capaz de retener mientras vivencio su pérdida irremediable, a punto de escapárseme toda decisión y coherencia. Y duermo.

Con esa sensación surgió el recuerdo de cuando apenas cumplidos los seis años, pues era el verano inmediatamente anterior a cursar el primer curso de primaria, me enfrenté a la dolorosa realidad de la experiencia, donde se destroza el ideal de querer es poder. No una lección de conformismo sino de realismo.

En esa época recibí la lección sobre lo necesario que es reconocer las situaciones y los escenarios relacionales como lo que son, pero no fue hasta muchos años después que asumí verdaderamente el significado de todo aunque ello. Cuando lo aprendí. Es frecuente que los individuos no sepan de sus límites, que ignoren hasta dónde pueden llegar, de qué manera son capaces de exprimir la potencia del yo. Con todo, se conozca o no el propio límite, el mismo debe existir como tal, objetivamente, por lo que la búsqueda debiera residenciarse en llevar a efecto la posibilidad, con todo avance que el convencimiento y el esfuerzo proporcionen. La noción del "querer es poder" resulta provechosa para superar barreras irreales, producto de cortapisas psicológicas o de otra índole. Pero por mucho que se piense en el poder de la voluntad, la posibilidad seguirá enmarcada en un determinado límite más allá del cual nada será viable. Por eso el "poder es querer" resulta pragmático y adecuado, pero siempre que partamos del propio conocimiento de la potencia individual, o en su caso colectiva.

La pregunta estriba en si hay alguna diferencia en querer sin saber si se puede o en no saber hasta dónde se puede y aplicarse por buscar el límite en función del esfuerzo sin fin. El peligro es renunciar al "querer" y abrazar un "poder" muy por debajo de las propias posibilidades, rebajando de esa forma los objetivos que de principio pueden pretenderse en modo consciente. Las expectativas reales.

También es incontestable que mi contexto vital se envolvía en una ignorancia casi absoluta que, por definición, se aproxima a menudo a la estupidez. Ocurre que la falta de autonomía de los pequeños no suelen ofrecerles capacidad de acción u omisión, cuando menos relevante para afectar en algo a los demás o a uno mismo.

Siempre me ha gustado diseñar casas sobre el papel, muy rudimentarias cuando era pequeño, a escala y elevándolas en maqueta de cartulina y cartón más adelante. Pero al principio de todo me ilusioné con la posibilidad de construir y pensé en crear una cabaña en miniatura con pequeñas ramas de árbol. Tardé mucho en hacerme con el material y cortarlas, y mucho más en conseguir pegarlas y que se aguantaran unidas. Llegué a montar la estructura de un techo inclinado a dos aguas, pero me agotó. No sé dónde acabó lo que parecía una básica tienda de campaña. Pero yo quería seguir creando, deseaba con todas mis fuerzas ser un arquitecto cuando fuese mayor. Abandoné la idea porque era muy limitado en matemáticas y pensé que sin ellas no podía calcular lo necesario de una construcción. Quizá me equivocaba, pero lo intenté desde mi infantil pensamiento y por mucho que quería no daba. De hecho suspendí mates mi primer año de instituto, recuperándola no sé cómo en septiembre, y siempre me fueron muy difíciles todos los exámenes que afrontaba. Elegí letras y no ciencias para mis últimos dos años previos a la universidad, no creí que fuera posible otra opción. Puede que con ayuda adicional hubiera sido posible, nunca lo sabré. Yo solo estaba claro que no, por mucho que quisiera hacerlo, y reafirmé el poder es querer que ya mucho antes había sido una realidad incontestable, aun sin reconocer la teoría subyacente que años después desarrollé, a través de una pelota de baloncesto.

Quería con todas mis fuerzas una pelota de básquet Mikasa de franjas blancas, rojas y azules; ya no las hacen así. Botaba de maravilla, compacta y de agradable tacto, y visualmente superaba la clásica marronácea o anaranjada. La pedí a mis padres y, a pesar de mis dificultades en mates, a los diez años tenía resultados bastante aceptables. Mi comportamiento era especialmente bueno, aunque no lo fue para obtener la pelota sino porque sí. Hacía muy poco que había empezado a cobrar una paga, de veinticinco pesetas a la semana, lo que ahora serían unos quince céntimos de euro, por lo que habría tardado varios años en comprármela yo mismo. El merecimiento estaba asegurado, y mi querer era incontestable. Pasaron varios meses manteniendo tal intensidad de querencia y una tarde, al llegar del colegio, sobre la mesa del comedor mi padre había colocado un envoltorio de algo redondo y grande. A rebosar de ilusión, supe que me la había comprado. La desenvolví ante su satisfacción, pero no era una Mikasa, sino una pelota de una marca que no había visto en mi vida, con letras negras contra un fondo naranja oscuro. Parecía más grande que las normales y al tacto blanda, porque estaba totalmente inflada pero se notaba un muy delgado grosor al apretarla con las manos. Al botarla en el suelo de casa lo hizo como una pelota de plástico. Botaba igual, casi sin peso propio, sobre la pista de cemento del colegio. La peor pelota de básquet del mundo. La llevé varias veces a la pista de cemento del colegio pero no me gustaba nada jugar con ella y la pobre acabó arrinconada. No tenía la culpa de nada, pero había sido creada por otro.

A mi padre no le dije más que gracias y mil gracias, sobre todo a vista de la iniciativa en darme tal regalo sin que fuera ni mi santo ni mi cumpleaños ni nada. Mantuve, en fin, su satisfacción por verme (falsamente) contento con lo que tanto quería. El querer no fue poder hasta mucho tiempo después, cuando me la compré yo, pero apenas pudiéndola utilizar, pues ya había acabado la primaria y no iba a la pista de baloncesto del colegio, que estaba al lado de casa, sin disponer de otros lugares para practicar, al menos que estuvieran cerca. Todavía la tengo, creo que se rompió algo por dentro y no se mantiene hinchada. Yo no fui el responsable. Ignoro por qué pero no la he tirado a la basura. La otra, el regalo de papá, hacía muchísimo tiempo que desapareció; supongo se estropearía, o quizá siguió tal y como estaba al comprarla, pues casi no la usé. En cualquier caso ni tan solo recuerdo dónde acabó

Sí recuerdo ahora pero no me di cuenta entonces, que eso de querer y poder cambió radicalmente para mí, y que cuando acabé comprando la Mikasa que realmente deseaba también confirmé la falsedad de otra de esas frases de motivación: nunca es tarde. Lo fue con mi deseada Mikasa, sin ningún lugar a dudas. La quería no para tenerla sino para jugar con ella en un lugar y unos momentos que duraron varios años, después perdió su razón de ser; recuérdese lo de que hay un tiempo para cada cosa del Eclesiastés.

46.

La rememoración de lo ocurrido en las escaleras del sótano no aparecía. Mis emociones estaban revolucionadas, básicamente alrededor de una mezcla de miedo y agresión, intuyendo como es lógico una causa primaria de todo aquello. Podía advertir una ráfaga que corría el velo obstaculizador de lo que pasó, el encuentro de sopetón, buscado, sí, y también la queja estúpida. Luego sólo ira, de cero a cien. La explicación no existe, no sé por qué. Nunca me había pasado algo así, salvo de muy pequeño, enfermo con alta fiebre manejándome entre tinieblas durante días que parecían horas y minutos que identificaba con horas. Pero llegó un momento en el que todo parecía estar a punto. Notaba que apenas un pequeño empujón despejaría esa especie de frágil tapón de aire sobre mi mente y, con un tremendo esfuerzo, que propició un frío sudor en mis sienes, fui recobrándome. Al cabo de un rato me di cuenta que apenas había transcurrido media hora desde que la vi entrando en las escaleras exteriores del sótano.

Era un contexto increíble. Estaba tan exhausto que me adormilé mientras rondaba mi mente la figura del demonio como el causante de la situación, una en la que el mal por aquél representado me guió.

Los creyentes ven totalmente lógica la lucha entre el bien y el mal, la luz y la oscuridad, encontrándose en ésta el Diablo, la primera luz del día en la que nació en soledad por decisión de Dios y acabó como el ángel caído al perder su lucha y el paraíso, en el fondo la disponibilidad de presencia, de contacto directo con el Señor. En primer lugar, siempre me ha parecido de todo punto ridículo que un ángel capitanease una rebelión contra un ser omnipotente y omnisciente. Dejando a un lado que en la dimensión celestial no haya tiempo y que por lo tanto la supuesta historia lineal –rebelarse y perderse plantea como un imposible fáctico, deviene de todo punto inviable que un ángel o muchos pudiera vencer a Dios. De hecho es raro que Éste enviase al arcángel Miguel para dirigir la reacción defensiva contra la revuelta, pues en el lenguaje propio de una vida con tiempo habría bastado un instante de poder divino directo para suprimir la problemática, incluso para dominar la voluntad de su ángel o ángeles rebeldes, o si se prefiere, para corregir o convencer en contra de su rebeldía, sin contar con que podría haberse anticipado a todo. Del mismo modo carece de sentido que el ángel caído se transformase en el azote contra el ser humano, al cabo la razón de envidia que todo lo dinamitó, siendo la fuerza motriz de la tentación, desde la serpiente con Adán y Eva, y al que se atribuye como triunfo la inclinación hacia el mal en el libre albedrío del humano. Esa influencia del maligno que a veces nos justifica, despreocupados de la auto-inculpación. Un sin sentido de principio a fin. Acaso una teatralización orquestada por el altísimo para que comprendiéramos la lucha, los riesgos de rebelarse, y todo dirigido a la creación de una fuente del mal que tentase en el camino ancho de facilidad al ser humano que sólo será bueno caminando por lo estrecho y pedregoso. De nuevo la lógica del sufrir y aceptar la penitente vida terrenal para alcanzar una salvación en los cielos.

También podría pensarse que existe un ser supremo, la representación del mal, pero incapaz de afectarnos directamente, siquiera de encarnarse en nuestro mundo como algo tangible, sino funcional sólo a modo de influencer del mal, a saber por qué. Y que fue primero, y real, como lo fue la oscuridad antes de la luz, y que frente a esa existencia veraz la mente humana creo a otro ser, irreal, Dios, generándose la lucha entre lo uno y lo otro que se limita al ideario humano. Como digo, de ser cierto perdería todo sentido porque, en la teoría, la descompensación de fuerzas sería más que evidente. Claro que la lógica humana no da para más y escapan a la misma infinitas consideraciones sobre cualquier cuestión que pueda plantearse o siquiera quepa imaginarla bajo nuestros límites racionales. Pudiera ser que Dios no es como lo pensamos, que es una existencia limitada y, así, proporcionada con la del Demonio. De lo contrario sería imposible explicar por qué Él no suprime el lado oscuro que acecha, liberando auténticamente el libre albedrío, pues difícil resultar comprender al hombre libre si viene afectado por esa fuerza maligna y muy superior de la tentación, una auténtica coacción latente. O simplemente pensar que el Bien, bajo el ala divina omnipotente y omnisciente, resultaría imposible para el fracaso o la pérdida.

De nuevo acude a mi mente el retorno, ese cíclico planteamiento filosófico de la eternidad circular. La vida religiosa se vincula como planteamiento metafísico, pero traducido como acciones concretas para la vida cotidiana. Nos movemos hacia atrás, no hacia delante, retornamos al origen, el origen es el fin, mientras que en clave más prosaica buscamos eliminar de nuestra ansiedad existencial el resultado de muerte, el después, disolver el miedo a morir.

El cristianismo y la globalización propician dejar lo diferente para converger en una idea que una. El "ni" de San Pablo y su universalismo muestran el más allá de nosotros explicado por las diferencias entre unos y otros, a partir del somos iguales. Lo que hay por debajo es el resto y en tal sentido ese itinerario intelectual de San Pablo está siendo acogido ahora por autores como Zizek, Badieu o Agamben.

La unicidad de Dios como dispositivo se traslada a la verdad única y absoluta, pero la construcción de sociedades sin la presencia de esa metafísica de la verdad es todavía quimera, por mucho que se superase en el mundo moderno que Dios lo atravesase todo. Las mayores violencias provienen del monoteísmo, sea judaísmo, cristianismo o islamismo. En el parágrafo 108 de la Gaya Ciencia de Nietzsche, que refiere a la muerte de Dios, lo post-religioso, el descentramiento de la religión institucional tradicional y las nuevas aproximaciones sin crear dogmas institucionales que se desprenden de la verdad absoluta, o Dios, la estructura en la que la noción divina monoteísta cuajó, no es más que un centro ordenador de la vida. Y de la muerte.

Desde un punto de vista sociológico e incluso histórico todas las religiones se apoyan en una promesa que no va a ser cumplida. O dicho de otro modo, que sólo funciona en tanto promesa, contando con que nunca vaya a producirse. El Mesías no puede llegar nunca porque, si lo hiciera, todo quedaría desbaratado. Además importa advertir que la actual política, como toda política moderna, es una solapada estructura religiosa; son las concepciones religiosas traducidas al poder que subyace en la política de nuestro presente. Y por último, qué duda cabe que en el momento actual la Humanidad ha alcanzado la mayor cota de evolución tecnológica, aunque no sea la posible dadas nuestras capacidades. Con todo, en este minuto existe más fundamentalismo que nunca, en todas las religiones monoteístas. Acaso el vacío de sentido y el odio consecuente fuerza la búsqueda espiritual, implicando una funcionalidad endogámica en esa investigación de la verdad total, en pretender una certeza, una seguridad absoluta en el mundo en que se vive, de quienes se alimentan con la confrontación con el resto del mundo, porque creen en la "verdad".

El apéndice educativo se encuentra en la recuperación de los textos sagrados que no hace mucho tiempo eran proscritos en ciencia y particularmente en filosofía. Una especie de reconciliación que depende de la interpretación, pues el texto son letras, palabras y frases, tanto instrumentos para la dogmática como para la emancipación.

47.

Abro los ojos. Todo está oscuro a mi alrededor. Se orinó encima mientras la estrangulaba, y me sorprendió percibir un desagradable aroma dulzón. Pero de ese recuerdo apenas fui consciente en el momento en que mis dos manos apretaban su cuello. Se incorporó a mi conciencia algo después, cuando subía los escalones hacia la calle sin apenas notar los músculos de las piernas, repletos de oxígeno. Ahora soy capaz de repasar el recuerdo, así como el recuerdo de la excitación primaria cuando segundos antes de hacerlo tomé la decisión final, rememorando también el pedazo en la memoria sobre mi sensación vital al estar haciéndolo.

Siempre me apartaba de ella, una gran mentirosa, porque la consideraba un peligro, y porque la detestaba como persona. Alguien que miente sin el menor reparo, como un resorte natural, en cualquier momento puede generar una narrativa falsa que me perjudique personalmente. Una vez accedí al portal con un carro de la compra a rebosar. Con dificultad abrí la puerta cuando ella aparecía saliendo del ascensor, y a pesar de la estrechez del paso, ocupando la mayor parte del espacio mi cuerpo y el carro que arrastraba, decidió pasar por mi izquierda al punto que yo avanzaba. Al hacerlo, portando yo el carro con una sola mano, la izquierda, y seguir aguantando la pesada puerta del portal con la otra, en un segundo se produjo un leve desvío del carro, lo que ella interpretó como un intento de golpear sus piernas o cuando menos asustarla con el gesto, nada más lejos de la realidad. Se puso como loca ante mi absoluta sorpresa. Tiempo más tarde, la mujer salía del portal y me retiré ostensiblemente para evitar cualquier contacto; anduve varios metros hacia afuera para que saliera en la distancia. Ella se mantuvo con la puerta abierta, para que yo pasara, insistiéndome que no fuera "tonto", añadiendo con desparpajo e insolencia que no me comportase "como un niño". Me aparté de su mirada y al fin salió, permitiéndome entrar por mi cuenta. A saber lo que hubiera podido mentir si hubiese pasado a su lado. Ante ese cúmulo de experiencias en mi haber no me explicó por qué aceleré el paso para introducirme por donde ella lo había hecho y no le correspondía. Estaba decidido a encararme y exigirle explicaciones, pero en el fondo una maniobra de ese tipo no tenía ningún sentido. Que yo supiera siquiera conocía mi vehículo, por lo que seguirla a fin de ir a protegerlo de posibles perversidades dañosas no estaba en mi mente. Cuando abrí la puerta exterior oí un ruido raspante que identifiqué con una mano que busca en la pared el interruptor de la luz, un piso por debajo, al que me aproximé sin problemas por la iluminación diurna que casi alcanzaba su posición. Ella detuvo su búsqueda para girarse hacia el ruido de mis pasos para soltar de inmediato y con desprecio: "el que me faltaba". "¿Qué haces aquí?" fue mi reacción verbal, pero por dentro era un volcán que comenzaba su erupción más vigorosa. Con un sobreactuado desprecio adicional me contestó con otra pregunta, "¿y a ti qué te importa?", manteniendo su mirada contra la mía, ya enfrentadas ambas al mismo nivel, ella altiva, provocando con su perfil chulesco.

Si se analiza a una persona en concreto es posible que encontremos amabilidad, honestidad o bondad, las tres virtudes al mismo tiempo o más aún. Resulta probable, en cambio, que se trate de personas que sólo a veces se manejen de tal modo; quizá era el caso de mi víctima, cuando menos respecto de sus seres más queridos. Esa dualidad no la colocaba en el balance positivo, siquiera cuando lo negativo operase por mera omisión, por no impedir el mal que se advierte en derredor. En todo caso, el resultado es negativo por goleada si observamos en conjunto a la especie humana; hace más de tres décadas que se eliminó en la perspectiva biológica y genética el término taxonómico "raza", que sigue usándose alegremente en clave popular, con un anclaje de mera interpretación social. Ha habido avances en la ciencia y el arte y actos de amor que muy a menudo perjudicaron más que beneficiaron, pero la Humanidad ha avanzado sin auténtico desarrollo, no por el irreprochable conflicto como pieza natural de la evolución sino a base de la más pura violencia.

La codicia, la ambición insana, la avaricia, el egoísmo y el mirar por uno mismo, incluso cuando se piensa que no es así, bajo el autoengaño más sutil o el más burdo, reinan desde siempre en pos del poder.

Claro que el poder como medio se define por lo que busca, por ejemplo el bien común, y que sería dígase que bueno si no cayera en la idea que el fin justifica los medios o cosas así, o malo si se persigue alcanzar o conservar el poder para hacerse rico a costa de los demás. Me interesa más el poder que busca el poder por el poder y para el poder. Cuando no es un medio conforma una especie de droga, la más adicta que pueda imaginarse, y la más nociva que haya existido, porque no puede explicarse sin los demás, sometidos, doblegados, a su merced.

El poder de un sujeto aislado no es poder ninguno, no es nada sin los demás, se trata de una noción social, por lo relacional, y psicológica, por lo singular del que la atesora. Y aunque pueda pensarse en la posibilidad del poder compartido, grupal, es éste en el fondo una ilusión, una forma de compartir lo ansiado, sintiéndose cobijado, no es el auténtico dominio, que se define sobre lo que está fuera, a no confundir con las nociones del autocontrol sobre uno mismo y demás consideraciones más propias de la meditación y el justo conocimiento del propio ser.

48.

Llevaba guantes y un grueso abrigo largo. Mis manos se desplazaron solas hasta su cuello. Tal ímpetu imprimí que golpeé la parte posterior de su cabeza contra la pared de hormigón. El golpe la dejó algo atontada, por lo que tardó unos instantes en llevar sus manos a mis brazos, totalmente extendidos, impidiendo sobradamente que pudiera siquiera rozarme la cara. Al poco lanzó una patada hacia adelante, pero cuando bajé los últimos escalones, por sortear su barandilla curva, mi cuerpo había quedado ladeado, por lo que impactó en mi pierna derecha, además levemente, en vez de hacerlo hacia su genital objetivo. Me recoloqué todavía más de costado, en previsión de otros envites, y mientras se aceleraba mi ritmo cardíaco y cada vez respiraba más como cuando acabas una carrera al sprint, daba la sensación que mi cerebro se impregnaba de una sustancia especialmente placentera, mágica, recibiendo todo mi cuerpo una especie de hormigueo al seguir apretando el cuello ajeno. Ella no podía ni gritar, noté un pequeño crujido mientras sus ojos expresaban una auténtica perplejidad más que miedo. Sus brazos se retorcían sobre los míos sin ningún efecto, lanzaba patadas que apenas notaba y poco a poco, sin aire en sus pulmones, sus fuerzas fueron cediendo mientras mis sensaciones se turbaban. Llegué a pensar que iba a desmayarme, como cuando el pesado sueño acecha en una confortable posición, oyendo una melódica voz extranjera. Mis piernas flaquearon a causa de ese placer y casi caigo al suelo, pero sus ojos mostraban, inmóviles, su definitivo fin, y pude entregarme al éxtasis más absoluto que jamás he sentido. Caía de rodillas al tiempo que su cuerpo se deslizaba verticalmente sobre la pared de hormigón y quedaba sentada sobre el talón de su pie derecho, con la pierna izquierda por completo extendida. Mis brazos seguían en paralelo, rígidos, sobre su cuello mis manos. Las extremidades superiores parecían separadas del resto del cuerpo, que se había transformado en un amasijo sin ninguna energía. Entonces se doblaron mis brazos y vencí mi tronco hacia adelante casi rozando el rostro de mi víctima, inundándome de la fragancia penetrante de su perfume y de su maquillaje, lo que paulatinamente hizo que recobrase mis sentidos, separase mis manos enguantadas de su cuello roto y me sentase contra la barandilla de la escalera a mi espalda dejando que su cuerpo acabara de caer hacia su izquierda, lentamente, hasta que su cabeza acarició con suavidad el suelo de cemento y luego giró sobre sí misma ocultando una mirada sin vida los voluminosos cabellos teñidos de castaño obtenidos de su última visita a la peluquera.

El lenguaje siempre ha sido manipulador, y como cualquier otro dispositivo ordena la vida. La palabra lo hace, particularmente, bajo el principio de contradicción, porque siempre debiera significar lo mismo a fin de evitar un efecto Babel, es decir, para que siempre podamos comprenderlo todo: nada puede ser o no ser al mismo tiempo. Las cosas son o las cosas no son, no existe una tercera alternativa. Quizás el tiempo se aparte de este paradigma y enlace con todo aquello que caracteriza la otredad. En criterio de Heidegger deviene, según Aristóteles sirve para medir el movimiento como medida del cambio, mientras que las palabras detienen la realidad, para algunos la estabilizan, para otros la encorsetan. Puede haber comunicación con la mirada, con el gesto, con el tacto, pero nuestra evolución nos ha llevado a la palabra como elemento fundamental de nuestra relación humana.

49.

Al empezar a pensar, en casa, sobre mi vecina hecha un guiñapo entre brazos y piernas en el rincón, decidí bajar una bolsa de plástico negro reforzada, enorme, y la metí dentro, acomodándola más adecuadamente en la penumbra del recoveco. Ya era solo un bulto, un cuerpo sin vida. Eso de "ella" había acabado. Procedía quizás su despersonalización, utilizando en su lugar el neutro que define las cosas inanimadas. Utilicé amoníaco que tenía en casa para limpiar alrededor de su cuello y en sus manos, aunque sus cortos brazos no llegaron ni a rozarme. Consideraré sacarla de allí, pero por la puerta interna podría ser visto igual que por la de la calle, a plena luz del día. Quizá al abrigo de la noche.

Esa especie de amnesia activó una intensa pero fugaz preocupación que lindó con un pensamiento loco. Había perdido la chaveta por completo y todo había sido producto de la imaginación que crece y crece en soledad. Y entonces, sin más, afloró un sueño que tuve no hace mucho, tan claro como si en ese mismo momento lo viviera. Me encontraba en una casa, mejor decir un piso grande, de enormes espacios, yendo hasta un baño alargado en el que cambiaba la pica de lavarse las manos, rectangular, de casi un metro de longitud, que sin embargo había colocado al revés y sin coincidencia con la salida del agua vertida. Todo resultaba muy confuso. Volvía a colocar la pica para evitar que se desparramase el agua, limpiando la poca ya caída, y abandonando el lugar hacia el exterior. Aparecía sucesivamente la imagen de un jovencito de pelo negro y largo, que me miraba atento desde una ventana o terraza, y entonces apareció ella. Se trataba de una chica menuda pero voluptuosa, fornida, de músculos densos. No sé de qué etnia provenía su familia, era de mi misma nacionalidad, su tez no era significativamente negra aunque sí morena. El pelo muy corto, como un chico, y de ese tipo característico que si crece queda enorme. Tenía unos grandes ojos, cálidos y profundos, y una cara bastante redondeada. Estábamos sentados juntos, miré hacia arriba y en una venta de un pequeño balcón el niño adolescente del largo pelo oscuro apareció de nuevo. Entonces centré mi vista en la mirada de la chica mientras ella me hablaba. Había una historia previa, nos conocíamos desde hacía tiempo, de los estudios, y me mencionó en cierto tono crítico, pero afable, que yo era una especie de don juan, que me sabía atractivo para las chicas y que lo utilizaba sin hacerles caso. Yo me sorprendí, pues no era cierto desde mi punto de vista, aunque acepté que cierta imagen de esa índole podía ser apreciada por los demás, mientras que sabía perfectamente, como ella también, que siempre había estado en su punto de mira, en su afecto, en su deseo, pero sin atisbo alguno de atrevimiento por considerarme inalcanzable para ella. Le pregunté sobre algún ejemplo de lo que decía, y me mencionó a una chica con gran cabellera, de pelo moreno rizado, a la que llamó Rizos, como si fuera su apellido. Le dije que estaba equivocada, que a pesar de creer que había sido una relación sentimental y sexual nunca fue así. Me observó y me creyó. Era verdad. Entonces me recosté un poco hacia atrás, con mi brazo izquierdo tras su espalda, sin llegar a tocarla. La miré en silencio, directamente a los ojos, y en mi mente pensé como si le dijera que adelante, como si le abriera la puerta del hazlo ya. Estaba casi al nivel de su boca, apenas medio palmo por debajo. Ni un segundo y ella se aproximó con decisión y unió sus labios a los míos. Yo respondí entreabriendo mi boca y la chica introdujo su lengua con fruición. Se desbordaba un deseo sincero mucho tiempo contenido, y disfrutamos de un beso húmedo y largo, excitante para los dos.

Al acabar ese contacto tan íntimo y placentero me sentí agradecido de disfrutar su lealtad, su amistad, su amor. Me resultaba indudable que los poseía de una forma legítima, sólida, infranqueable, y ella, por supuesto, lo sabía, al igual que estaba completamente segura de que yo le sería leal, y un amante entregado. Recuerdo que en ese sueño duró algo más la sensación de satisfacción total, frente a frente. Acabé despertando, ensoñado todavía, y de algún modo guié un poquito más ese fantástico sueño, consiguiendo dormir de nuevo, con ella a mi lado, disfrutando de una relación plena, con actos sexuales explícitos y enormemente placenteros. Había una cierta nota de sumisión por parte de la muchacha tras iniciativa mía, pero ésta acababa naciendo de lo que ella deseaba que hiciéramos. Ese día no trabajaba, en el sueño, y me mantuve en la cama, ya despertando, rememorando las sensaciones y la imagen de esa chica, pero también imaginando la relación completa con ella, su evolución positiva, exitosa. Feliz.

Quizás fuera porque cuando tuve ese sueño lo exprimí al máximo que luego pude recordarlo de un modo tan exacto, sobre todo en el detalle de las emociones y sensaciones. Ignoro no obstante el motivo de rememorarlo. Sentí una profunda nostalgia, un tremendo impulso por bucear en la vida de vigilia y dar con ella, por mucho que resultó ser alguien que nunca conocí despierto, ni a nadie que se le pareciese en la vida real. Y tampoco he sabido nunca cuál era su nombre en mis sueños, por lo que ni disponía de una palabra para repetirla en mi corazón a fin de sentirme más cerca de ella. Los nombres son herramientas muy útiles para evocar y para limitar, para comunicar y para simplificar. Verse privado de un nombre puede ser tan frustrante como perturbador. Falta como una especie de asidero que nos ofrece seguridad, una especie de protección al modo de enlace con algo verdadero. Aunque en el caso de ese sueño sé muy bien que, con nombre o sin él, no se trata de una persona real. Supongo que solamente podré encontrarla en mis sueños, aunque eso todavía no ha ocurrido.

50.

Imaginé una venganza extendida a sus familiares, por el no saber dónde se encontraba, para luego sucumbir al hallazgo del cadáver. Pensé en una mutilación *post mor-ten* para despistar, pero una sangría de esa índole no me apetecía lo más mínimo y sólo habría resultado fuente de posibles pistas físicas en mi contra.

Dejando a un lado que a veces perdonar funciona como un arma contra el perdonado, un modo de vengarnos de él, y que el mayor beneficio es para quien perdona, venganza y perdón constituyen una alternativa o, con mucho, acumulación sucesiva, y en ambas opciones se precisa de un sujeto individual. Es imprescindible que la víctima exista para pedir perdón u obtenerlo, solo de ella es posible. Nada vale eso de perdonarse a sí mismo y complacencias similares. Sin víctima será un imperdonable. Y para vengarse hay que contar con el culpable. Claro que la venganza puede desplegarse sobre los seres queridos o los bienes preciados, pero sin conocimiento de aquél no se trataría de venganza auténtica, simplemente un modo de satisfacción nuevamente intrínseco, propio de quien ya no podrá dirigir su rabia contra el causante último del odio y del dolor. Puede que cuando perdonamos a alguien nos perdonamos un poco a nosotros mismos, o que cuando vengamos algo dañamos también nuestra propia vida, porque vengar no es ajustar la balanza de la justicia, por mucho que durante siglos formó parte del Derecho, no en vano la ley del talión, el ojo o por ojo, marcó un antes y un después en la retribución penal, en tanto supuso, ni más ni menos, que la introducción de la proporcionalidad en el sistema de penas. De hecho, si la venganza no resulta desproporcional no es tan mala, antes bien funciona como la justicia que proporciona un castigo y se define en el ámbito positivo, de lo bueno y del bien. Además, tampoco faltan estudios psicológicos que demuestran de qué modo quien quiere vengarse y no puede alcanzar dicho objetivo acaba enfermo por su frustración de expectativas, lo que conduce a una conclusión evidente: la venganza forma parte de la condición humana y negarla es negar la realidad natural del ser humano. Hay que liberar el rencor que nos produjo el daño y luego, si se quiere, perdonar al causante, algo que en sentido propio sólo procedería si así lo pidiera, y si sigue con vida. Froom escribió que la escasez psíquica del grupo primitivo y su elevado narcisismo fomentan la lógica de la venganza, pero de algún modo lo primitivo conecta con rasgos esenciales del ser. En todo caso, vengarse no es sólo propio de la naturaleza de los hombres y de las mujeres, sino que para su bienestar se antoja útil y, por eso mismo, saludable. Piénsese que al vengarse de verdad pudiera eliminarse ese odio, esa rabia, ese resentimiento que preside la acción del vengador, y no se olvide que esos tres aspectos son factores de riesgo en el desarrollo de problemas cardiovasculares.

51.

Las instituciones religiosas acaban convirtiéndose en el peor enemigo de la fe. La creencia irracional del ser humano, nacida de la desesperación ante el límite, es una herramienta, un instrumento de la religión, del mismo modo que la razón es el utensilio de la ciencia. Con la razón llegamos a los límites del conocimiento científico, más allá de los cuales únicamente la fe puede soportar el pensamiento humano, y cuando cualquier iglesia, esa suerte de religión institucionalizada, pretende ofrecer respuestas al otro lado de las fronteras científicamente conocidas, se traiciona a sí misma porque lo inexplicable constituye la naturaleza intrínseca del sentir religioso, lo inescrutable, donde la fe ofrece respuesta sin contestación, precisamente porque no la necesita. Mejor decir, una pregunta por sí misma autosuficiente. Dios es la pregunta que no puede ser contestada. Es la noción que se ubica más allá de nuestros límites, los que conseguimos con el instrumento de la razón que construye la ciencia humana. El espacio religioso emplazado en el absurdo, en lo ininteligible, en aquello que no puede ser explicado, porque la fe no es instrumento de conocimiento, ni de explicación, sólo un vehículo para el creyente.

Cuando las normas de una institución religiosa, a través de sus dogmas y exigencias, ofrecen la respuesta del más allá, traicionan a Dios, se encaraman al muro del conocimiento racional y pretenden mirar al otro lado, más allá, sin darse cuenta que así, aunque falsamente, avanzan ese límite al horizonte de la propia mirada desde lo alto del muro. No hacen más que establecer otro límite. Con mucho pretenden suprimir cualquier frontera, destruyendo de ese modo la lógica de todo aquello que se muestra como racional, intrínseco a la finitud del ser humano. Tanto en el antes como en el después de la muerte que nos desespera, convirtiendo la fe en una respuesta de conocimiento. Pero es que ese conocer sólo puede provenir de la razón, nunca auténtico instrumento de la religión sino de la ciencia.

52.

Ahí estaban. Llegaron tras varios días de estar fuera. Me encontraba en la terraza de casa cuando el taxi se detuvo, un monovolumen de siete plazas, como nuestro coche. Mi esposa pagaba al conductor en el asiento del copiloto mientras mi hijo mayor, a punto de cumplir los dieciocho años, abría la puerta lateral derecha corredera, descendiendo el primero de todos. Después bajó la pequeña, de cuatro años, llevándola de la mano su hermano y número dos, de quince años, y al tiempo que mamá pisaba la acera lo hacían mi otra hija, de casi trece años, y su hermano pequeño, de diez recién cumplidos. Nunca me negué a tener hijos, me gustan, somos una familia muy unida y se lo pasan muy bien conmigo, todos.

Soy divertido e interesante para ellos, un punto de referencia versátil, fuerte y seguro, lo percibo. Los quiero, y a su madre más que a nada. Es la mujer perfecta, aunque ella no lo ve así porque su autoestima se encuentra en horas bajas, algo que resulta incomprensible para mí. Ella fue la que decidió tener al tercer retoño y siguientes, ante lo que ningún reparo manifesté, sinceramente.

No obstante el cuarto y la quinta me sorprendieron, más por la edad de la madre, cuarenta y cuatro años para la última.

Mañana comenzará una semana laboral normal, regresaré al trabajo de magistrado en una gran ciudad y de catedrático en la mejor Universidad del país.

La bolsa de basura gigante, de color negro, seguía en un oscuro rincón de las escaleras laterales que conducían de la calle al sótano. No tardaría mucho en ser descubierta, alguien se daría cuenta antes que su descomposición comenzara a apestar, antes que su marido o sus hijos la buscasen con éxito. Aunque ya no es ella sino una cosa, el cadáver, los restos mortales, mejor decir ya muertos.

Será un encuentro casual, de un vecino inocente que avisará de inmediato a la Policía. Quizás lo haga yo mismo. Pero ahora pensaba en esta noche, cuando me acomodaría bajo las sábanas y la manta junto al cálido cuerpo de mi afable esposa. No me gusta despertar solo, pero mucho menos irme a la cama sin ella. En esa situación podría disfrutar por entero del placer de quedarme inconsciente. Dormido. Acceder a un mundo de la nada, sin preocupaciones, salvo acaso por el sueño. ¿O estoy soñando ahora y esta noche despertaré? Sueño.

www.ingramcontent.com/pod-product-compliance
Lightning Source LLC
Chambersburg PA
CBHW071420150726
48000CB00001B/410